你若盛开，清香自来

文学新观赏 青少年读写范典丛书

高长梅 王培静 主编

余显斌 著

花山文艺出版社

图书在版编目（CIP）数据

你若盛开，清香自来 / 余显斌著.—石家庄：花
山文艺出版社, 2013.6（2021.6 重印）
（"读·品·悟"文学新观赏·青少年读写范典
丛书）
ISBN 978-7-5511-1033-4

Ⅰ.①你… Ⅱ.①余… Ⅲ.①小小说—小说集—中
国—当代 Ⅳ.①I247.8

中国版本图书馆CIP数据核字(2013)第111883号

丛 书 名：文学新观赏·青少年读写范典丛书
主　　编：高长梅 王培静
书　　名：你若盛开，清香自来
作　　者：余显斌

策　　划：张采鑫
责任编辑：郝卫国
责任校对：齐　欣
特约编辑：李文生
全案设计：北京九洲鼎图书有限公司
出版发行：花山文艺出版社（邮政编码：050061）
　　　　　（河北省石家庄市友谊北大街330号）
销售热线：0311-88643221
传　　真：0311-88643234
印　　刷：永清县晔盛亚胶印有限公司
经　　销：新华书店
开　　本：710×1000　1/16
字　　数：175千字
印　　张：12
版　　次：2013年7月第1版
　　　　　2021年6月第2次印刷
书　　号：ISBN 978-7-5511-1033-4
定　　价：36.00元

读，是为了更好地写

高长梅

　　阅读的目的是长见识，是提升自己的文化素养。这是"读"的基本意义。

　　很多时候，我们的阅读也无任何的目的，就是为了消遣，为了解闷，为了打发时光。其实，这是"读"的另一种境界。

　　但对学生乃至爱好写作的人而言，"读"还是为了"写"，即人们常说的"读写结合"。这，却是大有讲究的。

　　"读什么"，"怎么读"，"读"如何促进"写"，这个问题困扰人们少说也有两千多年了。外国不言，单说我国自《诗经》始，《四书五经》到《千家诗》《古文观止》《唐诗三百首》，哪一个的"读"不涉及后人的"写"？"熟读唐诗三百首，不会作诗也会吟"就说明了"读"和"写"的朴素关系。

　　"读"于"写"的第一点，当是语言的积累。对绝大多数人而言，"会说"也"能说"几乎是与生俱来的，但这些不一定就是我们写作的语言。即使你"会说"、"能说"，但不一定能准确表述你的想法，你的所见所闻；尤其是不一定能用丰富的、生动的、形象的语言或简洁的、凝练的、科学的语言来描述人或事物或观点。写作当如建房，没有各式各样的语料积累，其结果可想而知。巧妇难为无米之炊，再牛的能工巧匠没有基本的建筑材料他也盖不起房子来。但语言积累，不是简单的语言记忆，要内化为自己的，要在自己的胸中发酵，要让它带上自己的思想、情感。这样，在写作运用时，就不会是简单的模仿甚至抄袭。即使是原句引用，也会与你的文章融为一体，恰到好处。初学写作者，常常苦恼自己词汇少，不能准确表述自己的思

1

想；或苦恼自己写得干巴巴的，没血没肉；或苦恼自己虽写得字通句顺，却不像别人写的那样摇曳多姿；等等。多积累语言，是根治这种"疾病"的唯一药方。因此，我们在"读"时，就要看别人是怎么用字、怎么用词、怎么用句……来描写、叙述、来情、议论的。

"读"于"写"的第二点，当是技巧的化用。"我手写我心"，看似简单轻松，看似随意，但正如建房，砖头、瓦块、木料等都摆在了你的面前，却不是任何人都建得了房的，你得有建房的技能。写作也是一样，你得掌握一定的技巧。人物怎么描写，事件怎么叙述，情感如何抒发，道理如何论证，等等，你得掌握其基本的方法，然后才能"心到手到"，写出一篇像样的文章。我们要像建房者，先做"小工"，看人家是如何砌墙、如何粉刷的；然后做"匠人"，亲自实践，在模仿中掌握其方法，逐渐为我所用；"匠人"做多了，熟练了，就成了"师傅"。"师傅"一级，技巧娴熟，房建得漂亮。而用心的"师傅"爱钻研，爱琢磨，结合他人的方法创造出更好的新方法，他就成了"建筑师"。写作同理。我们不少阅读者，语言的积累比较重视，但琢磨人家写作技巧的不多，所以文学爱好者不少，但成为作家的就少多了，原因大概与这有一定的关系。因此，我们在"读"时，就要看别人是如何选择材料、如何谋篇布局、如何安排结构、如何运用表达方式、如何布置情节……看他们如何安排重点、如何把人物写活、件、如何条分缕析丝丝入扣、如何巧妙起承转合……

"读"于"写"的第三点，当是思想的融合。有了语言的积累，也掌握了一定的技巧，文章也写得是这么一回事了。但你的文章仅仅止于此，那也不过如同一栋能住人的房子而已。一篇文章品质的高低，除了语言的准确、生动、丰富、优美、灵动……除了构思的奇巧、结构的多元、情节的波澜、布局的精妙、手法的多变……是否有思想就显得格外重要。我们常说，这篇文章语言优美，构思巧妙，但立意不高。我们还常说，这篇文章不仅语言优美，构思巧妙，而且立意高，有思想。一篇仅靠语言打扮的文章，就好比一个俗人涂脂抹粉；一篇仅靠卖弄技巧和语言的文章，就像一个没有灵魂的美人卖弄风骚而已。语言可以记忆，技巧可以模仿，但思想要靠领悟，要融入作品之中去反复地阅读，要从深层次去寻找作者的精神。有的人的文章写得很美，技巧也妙，但就是没有深度，没有思想，没有灵魂，没有底蕴，往往就事论事，往往只是当复印机，复制了场景，复制了人物，复制了事件，但都是没有活力，没有生气，没有精神的。在阅读中提升自己的思想，的确常被我们忽视。思想靠别人的潜移默化来，精神也靠别人的影响而来。我们常听说在阅读中提升了自己，净化了自己，受了一次洗礼似的教育，等等，大约就是指这些吧。所以，我们在"读"时要琢磨别人是如何通过人物的描写表现人物的思想、精神，琢磨别人如何通过将一般人眼中的小事、凡事写出其社会价值，琢磨别人如何从一滴露珠看出太阳的光芒……如何选择语言材料最准确、最鲜明地表达出思想内容而非干巴巴贴标签，如何通过景、人、物悟出其蕴含的道理而非故弄玄虚牵强附会……

　　"读"于"写"的第四点，当是情感的交融。文章当有情，无论你是否抒了情，情就不自觉地流出了你的笔端。阅读中，我们除汲取作者的语言养料、技巧养料、思想养料外，还要品味、感受作者的"情"。与作者同悲，与作者人物同喜，置于作者笔下的优美环境而赏心悦目，等等。这就是受作者之"情"的"滋润"。文章是否感人，除了语言、思想外，有无"真情"很重要。朱自清的《背影》靠的是"情"的打动，鲁迅的《记念刘和珍君》这篇"血写的文章"其实靠的也是"情"的喷发。一篇只有华丽的语言而无思想的文章犹如没有灵魂的躯壳；一篇即使有非凡高度思想而无情感的文章也不过是一具可能具有文物考古价值的木乃伊。但"情"在文中的宣泄如何把握，这也是我们在阅读中要学习的。这也是我们常犯的错误。写作中我们或无病呻吟虚假瘆人，或情溢滥觞叫人发腻。让"情"如何恰到好处，非向好文章学习不可。这样，我们在"读"时，就要仔细琢磨别人是如何选择写作语言表达出作者的喜怒哀乐之情，如何传递作者人物的喜悦、哀思、忧怨、恋情，或深、或浅、或缠绵、或热烈、或似小溪的舒缓、或似大海的波涛、或似斗室之花的温柔、或似山野之花的奔放……看作者如何褒贬对象，看作者如何措辞达意致情，看作者如何巧借人、事、景、物以寄寓情感……

"读"于"写"的第五点，当是风格的鉴赏。所谓风格，它是一个作家成熟的标志，是作者在文章（文学作品）中表现出来的艺术特色和创作个性。我们鉴赏其风格，主要是学习他如何创造和完善文章（作品）的风格，也就是看作者在处理题材、驾驭体裁、描写形象、表现手法、运用语言等方面各有什么特色，最终形成了怎样的风格。这些风格，最后成了一个作家个性化的标志。当然，这是"读"的高要求了。琢磨多了，实践多了，很多写作者也形成了类似的风格，便也融入了原作者的风格之中，也就形成了"派"。比如"荷花淀派"、"山药蛋派"、"读者体"、"知音体"，等等。当然，也不能简单模仿，也要适时变化，否则当年散文必"杨朔式"、小说必"欧·亨利式"的文学闹剧就会重演。

习作者若能此，写出好文章就有可能了。

弄明白了这些，还有一个重要的问题是选择什么样的读物。读名著，当然好。但很多名著由于作者所生活的时代不同，社会环境不同，或阅读者的阅历不够，文化积累不够，不一定读得懂，更不用说借鉴于自己的写作了。

基于此，我们推出了这套《文学新观赏·青少年读写范典丛书》。这些作品，不是名著，但是属于好作品；没写重大题材，但大都真实反映了社会生活的变迁，人们精神面貌的焕然一新；没有高深莫测的技巧，但或平实、或奇巧、或清新可人、或浓郁奔放，更适合青少年读者学习、借鉴。

目录
CONTENTS

第一辑 沉默的枪声

水 /2
射中良心 /4
沉默的枪声 /7
歌吟 /11
磕头 /12
夺经 /14
拯救 /17
自首 /19
神医和尚 /21
狙击手的遗憾 /24

第二辑 思念的秦腔

思念的秦腔 /28
废墟里的谎言 /31
拯救翠鸟 /33
棍僧行一 /35
生命的声音 /38
忏悔 /40
拯救猴子 /42
古砚 /44

第三辑 心中的鸡鸣

中医李伯阳 /48
毒珠 /50
邮政老王 /52
村长长根 /55
小梦的心计 /57
心中的鸡鸣 /60
爸爸的礼物 /62
铁腿 /64
职责 /68

第四辑·小城二胡张

燕子飞飞 /72
渺小的职责 /74
猎人与狗 /77
救赎的通道 /79
心灵的颤抖 /82
炒鱿鱼 /84
陈若凡的礼物 /86
小城二胡张 /89

第五辑 青瓷赝品

爱吹牛的老石 /94
莫子瞻逸事 /96
戒茶 /99
小巷女人 /102
设置陷阱 /104
失衡的心灵天平 /107
寻找生命 /109
青瓷赝品 /111
白小树盗狗记 /114
抓贼 /117

第六辑 小镇汤铺

品虫 /122
薛十七 /124
小镇汤铺 /127
向敌人敬礼 /130
小镇旦角 /132
小莲老师 /135
为了心中的佛 /138
永远的母爱 /141

第七辑 飘雨的小巷

笨拙的母爱 146
小瓜和尚 /148
拯救对手 /151
老王的秘密 /153
羊儿的乳名 /155
飘雨的小巷 /158
你若盛开，清香自来 /160

第八辑 掉啥别掉身份证

背叛 /164
被埋葬的魂灵 /167
掉啥别掉身份证 /169
小城文人 /172
白合的百合茶 /174
断臂 /176

第一辑

沉默的枪声

水

一场灾难毫无预兆地降临，灾难过后，小镇一片狼藉。到处都是尸体，惨不忍睹。

在灾难中，他却幸运地活了下来，却受了重伤。

是雨滴，开始是一点，两点——，接着是一片，滚豆一般落下。笼罩了整个小镇，也笼罩了天，笼罩了地。

雨，也浇醒了他。

他动了动身体，感觉到，自己简直是在炼狱中，浑身火辣辣地疼，左腿和左胳膊仿佛已不听使唤了，但疼痛却顽强地保留下来，通过神经，传遍全身每一寸肌肉，一动，疼痛直往肺里钻，扯得他直吸气。背上，雨淋下，如针刺在伤口上，他浑身肌肉直颤。

他艰难地翻过身，仰面朝天，张大嘴，接着雨水。

雨水的滋润，让他头脑清醒，可痛苦也更加尖锐了，魔鬼一般顽强地缠绕着他。

他喊一声："有人吗？"声音发出，却蚊子一般。

又一次，慢慢地，他走入无边的黑暗中。

再醒来，太阳烤在身上，火一样蜇人，是夏天的上午。他感觉到自己快死了，如果没人来救，自己可能活不过今天了。

伤口已化脓，一跳一跳地痛，最关键是肚子饿得难受。

他不知道自己熬过了几天，但他确定，自己大概熬不过今天了。

他躺在地上，静静地，静静地等待着死神幸福地降临。

突然，一声轻轻地呻吟，炸雷一样在他耳边响起。还有人活着，在呻吟呢。一刹间，他感到自己有了一点力气，勉强支撑着自己翻过身，抬起头。

在他不远处，一个躺着的身子在蠕动着。显见，那人还活着。

他想，自己应当爬过去，赶快救那个人，或许，那人还有希望。他为自己的想法激动着，慢慢地撑起左胳膊和左腿，借着它们的伸缩，向前移动着。

他们相隔不远，大概十来步的距离，可是，却花费了他整整一个多小时的时间，腿脚每伸缩一下，肌肉的拉扯都会融发一场铺天盖地的疼痛。

汗和血，沿着他移动的地方流淌。

到了，终于到了那个人身边，他慢慢检查起那人，那人的伤势很重，下身几乎从膝盖以下已断，两只手胳膊也断了一只，骨头都露了出来。

那人，已陷入昏迷中，灰白的嘴唇也干得裂开，不停地动着，梦幻一般地呓语："水，——水——"

他知道，这会儿，要想救活这个人，唯一的方法，是赶紧弄来水，否则，不说别的，渴，也会把那人渴死。

他焦虑地四下望望，确定着他们所在的位置。慢慢地，他的脸上露出了喜色，他想起来了，这儿不远处，有一个水塘。

慢慢地，他又带着铺天盖地的疼痛，还有汗水和血水，向水塘边移去。到了塘边，他俯下头，狠狠地喝了一肚子水，可准备装水时，才想起，根本没什么可装。

想想，他一咬牙，艰难地抬起身，脱下上衣，放进水塘中，吸饱了水，拿着放在肩头，又一寸一寸向回移。手，磨在乱石地上，血肉模糊。

到了那人身边，衣裳里的水分已蒸发得差不多了。无法，他只有把湿衣服放在那人嘴里，滋润着他的嘴唇。

一次一次，那人在水的滋润下，慢慢张开了眼，向他艰难地一笑。

那一刻，他流泪了，一种幸福感袭上心头。他想，他要坚持下来，如果自己死了，那人也活不了。这是一种责任，责无旁贷。

他暗下决心，又一寸寸移动着，用衣服运水，一趟又一趟。

两天后，救援人员赶到，发现小镇只有两个人活着：一个是他，一个是那个人。而且，他的伤比那个人的更重，背后一道长长的口子，几乎要了他的命。

他本来是活不下来的，可他却创造了奇迹，活了下来。

专家们百思不得其解。只有他清楚，当时，他忍受着痛苦，还有饥饿，坚持下来，是因为他的心里只有一个念头：他不能死，旁边，还有一个生命依靠他。

射 中 良 心

漫川在万山杂丛中，是个小镇。小镇东边，是一座山峰，山腰上有一带粉墙黛瓦，也有钟声传来，在向晚的光中，当当地响。

这儿，有一座寺庙，叫南岩寺。

那时，是个乱世，土匪时时出没，不只是抢民家，抢官府，也抢寺庙。南岩寺也受到过土匪们的光顾：一次，土匪们没抢到东西，很扫兴，一把火将南岩寺点将起来，如不是和尚们救得快，偌大一寺，只怕已经夷为平地了。

南岩寺方丈空禅师迫切地感到，寺里应组织一批僧人，练武自保。

和尚不缺，可缺教练。

空禅师决定，向外面聘请教练。

一日，有一个汉子上门，一脸胡子，背着个斗笠，进门一作揖，自我介绍叫龙海，十八般武艺样样精通，尤其祖传箭发，百步穿杨，百发百中。

空禅师让茶，然后数着念珠，半天问道："你知道张一刀吗？"

龙海点点头，张一刀谁不知道？他是此地几百里方圆的有名大盗，仗一柄刀，领一群土匪打家劫舍，这家伙特别射得一手好箭，说射你左眼，绝不射右眼。只是，很少有人见到他本来面目，他抢劫时，总是以黑巾遮面。

最近，张一刀不知怎么的，看中了南岩寺，想占住这儿，落草为王。所以，就给空禅师来了一封信，让空禅师交出寺院，不然，就血洗寺院。

这也是空禅师组织僧人，聘请教练的原因。

空禅师说出张一刀的名字，关键是为了点醒龙海，你估量一下，看你的能耐有张一刀厉害没有，如果没有，趁早算了，别枉自送了性命。龙海大概也看出禅师的不信任，笑了笑，拿过一个僧人手中的枣木棍，舞得风车一般，呼呼地转，然后，让两个僧人朝他身上泼水，结果，身上没有一点水星，唯有鞋上湿了一点。

龙海一笑，说是吗？再仔细看看。

大家听了，近前一看，原来是鞋子上面破了个小洞。大家不由得鼓掌叫好。

但是，空禅师仍皱着眉：张一刀的箭法太高明了，空禅师仍怕龙海对付不了。

龙海撇撇嘴，不屑一顾道："你放心，有我在这儿，张一刀不来便罢，来了，我只需一箭，让他从此不再说话。"龙海不这样说还罢，这样一说，空禅师更是大摇其头，不想聘用他。

正在此时，只见空中一只鹰飞过，追赶着一只飞鸟，不一会儿抓住了，空中羽毛纷飞，惨叫声声。龙海一笑，抽一支箭，搭上弓，扯圆了，喊一声"着"，在众人惊叫声中，两只鸟儿一起落下来，掉在空禅师面前。空禅师见了，连声念阿弥陀佛，道："一箭两命，罪过啊罪过。"

原来，空禅师怪龙海杀生。

如果不是其他和尚纷纷求情，当时，空禅师就会让龙海下山。最终，看在大家求情的面子上，空禅师才勉强留下他。谁知，那天下午，龙海的箭就派上了用场。

下午，突听一声呼哨，一支土匪冲到庙外，一个个举着刀枪，杀气腾腾的，放出话，让庙里交出财物，不然，一把火烧了南岩寺。龙海听了，高兴了，毕竟英雄有了用武之地啊。他拿刀挟弓冲了出来，一抬眼间，看到一只苍蝇落在当头那个土匪头子的鼻尖上。这个家伙挥动着手，赶了几次也没赶走。龙海一笑道："兄弟，别动，我给你赶。"当苍蝇再次落在那人鼻尖上时，龙海一侧身，拉弓放箭，喊声"着"，一支箭贴着那人鼻尖飞过，那只苍蝇不见了。

那群土匪发一阵呆，叫了一声，一哄而散，跑了。

空禅师见了，走过来，连连宣着佛号道："阿弥陀佛，居士，你过关了。"

龙海疑惑地望着他。

空禅师满眼慈祥道："箭是死的，良心是活的，你没射他们，有佛心啊。"空禅师拉着他的手。然后，长叹一声："人不是走投无路了，谁干这个啊？"

龙海呆呆地站在那儿，然后突然跪下，道："大师，我——我就是张一刀啊。"

原来，张一刀给了空禅师信后，听说空禅师聘请教练，指导武僧，他马上想出一法，改名龙海，试图去当上教练，然后里应外合，夺下寺庙。当空禅师不想让他留下时，他想出一法，即捎信让手下人来冲击寺庙，然后自己作为一个保护者出现，这样一来，还怕空禅师不留他？

他当然不能射自己的兄弟，而是灵机一动，射中苍蝇。他却没想到，空禅师用一番慈悲语言，却射中了他的良心。

不久，他解散了手下，只身来到南岩寺出家，拜在空禅师座下，佛号智藏。

沉默的枪声

这座坚城，已基本被摧毁。

但是，苏联军民仍在英勇抵抗，凭借着每一堵墙，每一条街道，或者每一条交通壕，在英勇地抗击着法西斯德军。

十五岁的莫卡沙，也是其中的一员。

他是一个民兵，拿着一杆枪，躲在一座摇摇欲倒的楼房里，和他的战友们，已在这儿坚持了三天三夜。现在，战友们都倒下了，只剩下他，对，还有他的小狗：卡卡。

卡卡很小，简直可以放在一个包里装下，它已经跟他一块儿在阵地上坚持了三天三夜。

卡卡并不叫，睁着黑亮的眼睛，望着莫卡沙。他打一枪，换一个窗口，它就摇着尾巴，跟在后面，换一个窗口，蹲在那儿。当然，没有了子弹，莫卡沙打一个手势，一会儿，卡卡就会叼来一个子弹袋，跌跌撞撞送到莫卡沙跟前。

莫卡沙拍拍卡卡的头，赞一声："卡卡，真勇敢。"卡卡会骄傲地摆摆尾。

激烈的战斗结束后，莫卡沙坐下来，肚皮"咕咕"地叫，已经一天没吃东西了，一点儿力气也没有了。他想，这样下去，不说打仗，饿都会把人饿倒。

"卡卡！"莫卡沙喊，不见卡卡的影子。

"卡卡！"莫卡沙又喊，声音里，带着颤抖：莫不是卡卡被德军子弹打着了。莫卡沙的心里颤抖了一下，忙四处张望，不见卡卡的踪影。

或许，这小家伙禁不住饥饿，做了逃兵。他暗自宽慰自己。

过度的劳累，让他斜倚着墙壁，歪斜着脑袋，慢慢睡着了，正睡得香时，潜意识里感觉到自己裤腿被扯了一下，一惊，醒了。卡卡蹲

7

在旁边，地上，放着一个军用干粮袋，打开，里面有面包，竟还有一截香肠。

"卡卡，好样的。"莫卡沙高兴地一把抓起卡卡，热烈地亲吻起来。

依靠卡卡的帮助，莫卡沙坚守到了第六天。

那天早晨，刚打退敌人的进攻，卡卡又如一位训练有素的战士，一跃而出，下了楼，跑到街道上，去寻找子弹，当然，还有食物。

就在这时，德军开始了炮击。"轰"一声，一发炮弹在街道炸开，硝烟弥漫，石块纷飞，卡卡一声叫，被淹没在烟尘中，没有了踪影。

莫卡沙呆住了，眼泪狂泻而出。

"卡卡——"他一声长号，扔了枪，跑下楼，冲上街道。一发又一发炮弹，在城里各处废墟上炸响，莫卡沙充耳不闻，到处乱钻乱找，一边喊着："卡卡，卡卡！"直到一堵墙倒下，他失去知觉为止。

不知过了多长时间，他感到脸上一阵清凉，睁开了眼，卡卡蹲在他身边，正在用舌头舔他的脸颊，还有额头。

卡卡没有死，只是受了点伤。

但莫卡沙却不能动，他的一只腿被一块木板压住，上面，堆满了土和砖。幸亏这块木板支撑，否则，他早已被整堵砖墙压死了。

卡卡扯他的肩膀，把他往出拉，可不行，他的腿被紧紧地压着，扯不出来，而且估计差不多断了，不能扯，一扯揪心地痛。

掀开那块木板吧，根本不可能，上面压得太重了。

"不行，卡卡，我不能动。"莫卡沙苦笑，摇着头，对卡卡说。并且，给卡卡做手势，让它快走。卡卡懂了，不扯他了，一转身跑了。

莫卡沙一个人睡在那儿，心里充满了孤独与绝望。

可一会儿工夫，一个毛茸茸的雪球滚过来，是卡卡，不知从哪儿叼来一个军用干粮袋，放在莫卡沙面前，自己也蹲下来，不停地舔着莫卡沙的手，或者脸，一直到一队德军搜索过来。

德军搜索队围了过来，冲锋枪黑黑的枪口对准了莫卡沙和卡卡。

"不要杀掉卡卡，杀掉我吧。"莫卡沙喊道，尽管声音嘶哑，但是很坚定。德军显然听懂了他的话，都一齐望着卡卡。

卡卡对着德军，"汪汪"地叫着，然后转过头，舔舔莫卡沙的脸。再回过头，又对德军叫着，又回过头舔舔莫卡沙的脸。显然，这个小家伙也在求德军，放了自己的主人。

所有的德军，你望望我，我望望你。

一个德军对着莫卡沙，缓缓举起了枪，带队的上尉一声喊："鲁莫夫，你还是军人吗？他还是个孩子呢？"鲁莫夫停了手，望望四周，同伴一道道鄙夷的目光射向他，顿时让他红了脸，放下枪。

德军搜索队把莫卡沙救了出来，放在那儿，走了。

莫卡沙强撑着逃了出去，遇到一队红军，被送进了医院。伤不重，只是骨折，半年后出了医院，参加了苏联红军，随着大部队，打到白俄罗斯，打到波兰，最终打到德国的柏林。

卡卡，紧紧地跟随着他，已成了一只矫健威猛的狗，在战场上，经常的，它帮战士们送弹药，送粮食，有时还侦察敌情。

一次，一队德军偷袭他们，还是卡卡发现的，及时大叫，才解救了他们。

战士们都很喜欢卡卡，称它为"英雄卡卡"。

攻打柏林，是莫卡沙从征以来最艰苦的一次攻坚，飞机轰鸣，炮弹如雨，每一堵墙后，甚至每一个窗子后，都有死神的影子。

莫卡沙随着他所在的部队，一路冲杀，在离总理府不远的一条街上，被挡住了。他们爬伏在墙后，或是楼窗后，甚至是房顶，向对面射击。

对面，枪声如雨，德军显然在做困兽之斗。

枪声中，突然，传来一个婴儿的哭声，在巷道中响起。莫卡沙循着声音望去，在小巷的侧边，有一堆废墟，婴儿的哭声从废墟中传出。

"上尉同志，废墟里有孩子。"莫卡沙急了，忙跑过去，向连长报告。

连长向他望望，又侧耳倾听了一下，一摊双手道："没办法，这就是战争，战争是不能讲仁慈的。"说完，挥挥手，让莫卡沙回到自己的

位置上。

莫卡沙回到原来趴伏的地方，蹲下来，满脸通红。此时，他最担心飞机来轰炸，只要一发炮弹，一个小生命就可能永远消失。

卡卡偎在他旁边，显然，也听见了婴儿的哭声，它不停地耸着耳朵，显得焦躁不安。

婴儿的哭声，已经接近嘶哑，在每一个人的耳边回荡。

突然，一个白影一蹿，冲了出去。"卡卡——"莫卡沙喊，卡卡仿佛没有听到似的，径直向废墟冲去。猛地，它摔倒了，显然，在枪林弹雨中负了伤。但是，不一会儿，它又站起来，一瘸一拐地向废墟跑去。

"卡卡——"莫卡沙心口一热，再也不顾别的了，一闪身，冲向废墟。

一刹时，四周静极了，所有的枪声，在这一会儿都停了下来，在一种怕人的宁静中，莫卡沙随着卡卡冲进了废墟。由于有卡卡的帮忙，不一会儿，莫卡沙就找到了婴儿，这是一个才出生不久的男孩，被妈妈紧紧抱着，可妈妈已经死了，胸部中了一弹。

莫卡沙默默地走过去，抱过婴儿，吻了一下，喊一声："卡卡！"飞快地向回跑去，分明的，他听到了飞机引擎声。卡卡跟在后面，一只后腿被子弹击断，跑得很慢，一跛一跛的，几乎像走一样。

莫卡沙刚刚回到原来的地方，一发炮弹落下，灼热的气浪中，他看到卡卡的身体飞上高空，如一片羽毛一样，然后，化为红尘，什么也没有了。

"不，不——"他抱着头，号哭起来。

"卡卡——"所有的战士都一齐叫喊起来，一个个热泪盈眶。

当天，战斗结束，对面的部队没放一枪，全部投降，走出的德军队列前面，悬着一面白色的旗帜，上面写着"向卡卡致敬"。

歌　　吟

"吱——吱——"，声音在黑暗中婉转渗出，水珠一样清亮圆润，带着一丝丝七彩光线，融入耳中。

一刹那，他眼前一亮，似突然得到一滴甘露，生命深处泛出微微青绿。

黑暗中，他轻轻地侧头搜寻，可是一片漆黑，什么也看不到。

声音持续不断，悠长、短促、婉转如笛。他的头脑此时由一片混沌逐渐清晰。

这是哪儿？什么时间了？他摇摇脑袋，想找回那段记忆。

记得自己在这儿打工盖楼，下午歇息的时候，刚靠在砖堆旁休息一下，突然，感觉到大地晃了晃，眼看着四周的楼房轰然倒塌，他一侧身钻入两堆砖的间隙。

一切都消失了。模模糊糊中，他好像回到了乡下的家，妻子的眼睛水汪汪的，两岁的儿子奶声奶气地喊爸爸，咯咯笑。他高兴，可又很难受，身上的疼痛在折磨着他。

突然，不知哪儿传来蟋蟀的叫声，清亮亮的。儿子要，伸着胖乎乎的小手。他迈开腿，准备去捉，又一阵钻心的疼，他醒了，从震后的昏迷中回到现实。

昏迷中，做了个梦，梦见家中的妻儿。可现在，自己不是在故乡，而是被埋在离家乡几千里之外的废墟中，孤独地躺着。

蟋蟀声停了，四周又陷入一片死寂，只有他的神经在震颤。

抬头，呼救，可是，声音只在这狭小的空间里缠绕，他沮丧地想，这么厚的砖石水泥堆谁又能听到呢？

蟋蟀声又一次响起，声音仍清亮，没有惊慌也没有沮丧。慢慢地，他感觉到饥渴远了，疼痛远了，孤独也渐渐远了。袭上心头的，是田野

的宁静，是黄昏的美好，还有山歌，还有炊烟和老牛长长的叫声。"蟋蟀蟋蟀，莫穿草鞋。草鞋太大，送给娃娃。娃娃穿上，去放牛羊。牛羊满坡，娶个老婆。"童年的歌谣，美得刻骨铭心，蟋蟀声在他甜蜜的回忆中时断时续，停停歇歇，好像一点儿也不知道疲倦。

隐隐约约，他听到声音，不同于蟋蟀，他不敢想象的声音。

最渴盼的声音出现了，他用尽力气喊："我在这儿，救救我！"一道亮光进入："好了好了，这儿有一个。"

一群救援队员将他扒出来，他的第一句话是："里面还有一个生命，一只蟋蟀，请救救。"每一个人都含着眼泪，认真地搜寻起来，如搜寻所有生命一样认真，一丝不苟。一个穿白大褂的女孩找到了这条小生命，双手捧着，递到他手上。100多个小时啊，这个小小的虫儿和自己相依为命互相依靠。他双手接过，捧着。废墟前，顿时，响起了生命的歌吟，清亮亮的，如水，渗进每一个人的耳朵里和灵魂深处。

磕　　头

在矿上，经常的，领了工钱后，我们几个人会聚在一起，喝上两盅。很简单，山上太冷了，生活也太苦了，借这样的机会，改换一下口味。

当然，一般情况下，我们会避开刘根。

原因很简单，刘根太吝啬。

我们吃烟，散到刘根跟前，如果扔一根给他，他会不接，说吸不惯。其实，背地里，我看见他拾起地上的烟头，拿一个烟荷包把烟蒂捏了，烟丝放入荷包，然后，拿出一个小小烟锅，有滋有味地吸，见了我

们，眯着眼笑，道，家种的烟叶，有劲。

这话，哄傻子去：一荷包烟叶能吸一年吗？

聚份子喝酒，开始，我们也请刘根入伙，劝他，人嘛，总要享受一下嘛，不然，挣钱又为啥？

刘根笑，摇头，道，不敢吃肉，吃了就坏肚子，拉稀。

不吃肉，喝两杯酒嘛，热闹热闹。我和他年龄相当，所以劝他。

他仍笑，不点头，也不摇头。

我就拉他，他仍是惯有的木讷，坚决不动，许久，蹦出一句话，不敢喝酒，一闻，头就发晕。

大家一听，傻了眼。

但开始吃时，我们心里仍有点过意不去，去拉他来，他红着脸，死硬着就是不来，我使尽九牛二虎之力，死拉硬扯，将他扯到了桌子。他坐在那儿，不拿筷子也不拿杯子，但禁不住大家劝，三杯两盅后，才让我们睁大了眼睛，这家伙，吃肉是一把好手；喝酒，也如梁山好汉一般。

但过后，再聚份子时，他仍推托，不过不是原先的借口，而是没领钱了，或钱已寄走了。

几次后，大家商量，以后再这样，就不请他，或许他一眼馋，就入了伙。

这办法不错，大家赞成。

这天，又领了钱，捉大头，该我出钱请大家喝一顿。过去也经常受大家请，所以，我就买了酒，准备了菜，同时，也准备把刘根叫上。

大家都摇头，说再冷那小子几次，让他入伙。

我笑了笑，算了。

酒后，我们都忙忙下井去了。到了下班时候，大家来到隧道口，准备出去。就在这时，上面一个吊斗呼啸而下，也不知是谁放下来的。

我站在顶前头，头脑还有一点迷糊，看见一个黑压压的东西压下来，呆了，一动也不能动。

"快让！"一声吼，背后被一推，我摔了出去。

随着一声惨叫，刘根被吊斗砸在地下，等我们醒过神，围过去。刘根人早已一团血肉，没用了。

他要不推我，是能避得开的。

可他竟然为推开我，把一个稍纵即逝的机会丢弃了。

我一把抱住那团血肉模糊的尸体，放声号哭："兄弟！兄弟！"空空的隧道里，回荡着我的叫声，还有四周的啜泣声。

刘根死后第四天，家里人来了，一个残疾的妻子，还带着三个孩子：怀里抱着一个，手上拉着两个。

听他的妻子说，家里还有多病的爹娘。

我拿出自己的钱，还有兄弟们凑的钱，送给他妻子，可她怎么也不收。刘根女人走时，抱着他的骨灰盒，让那个还在怀里的男孩给我们一个个磕头，流着泪说，他爹在电话里说了，经常吃你们的喝你们的，得你们的照顾，没别的还情，就让孩子代磕几个头吧。

一句话，让我们又一次眼泪直流。

夺　经

黄店是个小小的村子，隔一条河，有一座崖，高耸云天。崖半腰上有座小庙，叫观音寺。观音寺很小，寺里有两个和尚：一个老的，明海法师；还有个小和尚，出家前俗名吴宝，黄店村人，当了和尚后，明海给剃了度，法号宝和尚。

一师一徒，敲着木鱼，诵着经文，守着小庙。

不知何时，有外界传言，别看观音庙小，可有镇庙之宝：当年三藏和尚西去取经，路过小庙，挂过单——行脚僧到寺院投宿——在小庙中住过，临行，写过佛经一篇，放在此寺。

消息一出，小庙再难安静。

一时，盗贼纷纷，光顾小庙，可惜，一个个乘兴而来，败兴而归。庙里，除了两个和尚，什么也没有。

那夜，月色如霜，一个蒙面人一闪，进了明海法师禅房，刀子一摆，架在法师脖子上。

"阿弥陀佛，施主如此，为了何事？"老法师疑惑不解地问。

那人嘿嘿一笑，闷着嗓子道："拿出那篇经文，不然，一刀两断。"

明海法师听了连连摇头，表示没有。

那人一笑，恶狠狠地道："老和尚，你想学你的弟子。"

"他——他怎么啦？"明海法师胆战心惊地问。

黑衣人道："问他经文，他不回答，我一刀劈下，送他上了西天。"说完，黑衣人弹刀大笑，声如枭鸟，嘎嘎刺耳，在月下格外惊人。

明海法师无语，低声诵经："阿弥陀佛，罪过罪过。"

"告诉我，经文在哪儿？"蒙面人阴森森地问。

明海法师仍摇头，过了一会儿问："你要经文，究竟干啥？"

"卖钱。"

"经乃诵佛，不为卖钱，以经卖钱，亵渎佛祖，罪过罪过。"明海法师如对弟子，讲起佛法。黑衣人大怒，手一伸，"咔嚓"一声，明海法师左胳膊脱臼。法师脸色惨白，可咬紧牙关，不哼一声。

黑衣人无奈，狠狠道："不说是吧？"

明海法师依然摇头，一言不发。

黑衣人道："两条路，要么给经，要么跳崖而死，粉身碎骨，死后也难入西天。"

明海法师无言，慢慢站起来，左手侧端着，右手数着念珠，一步一步走出禅房。蒙面人跟在后面，手拿刀子，紧紧相逼。

观音寺沿崖凿洞，依岩建成。外面，没有院墙，三尺之外，就是万

丈悬崖，从此下去，粉身碎骨，再无生机。

到了岩旁，明海法师依然一脸淡静，数着念珠。

"老和尚，死脑子。"蒙面人气急而骂，伸脚去踢，明海法师轻轻一闪，黑衣人一脚踢空，再加上白天刚下大雨，泥湿地滑，一脚没踩住，一声惨叫，头上脚下向崖下直飞下去。

明海一见，眼光一亮，已不见龙钟之态，一声大吼，随手抓起地下一根葛藤，顺手向下一摔，葛藤一卷，卷住黑衣人一只腿。明海法师提着葛藤这端，使劲手一抖一扯，将蒙面人提了上来。电光石火间，蒙面人二世为人。

蒙面人汗珠滚滚而下，呆了一会儿，突然跪下叩头道："法师，你这么高武功，为什么当时不出手啊？"

明海法师长叹一声："你也是生活所迫啊。"

"你——我杀了你的弟子啊，你不仇恨我？"黑衣人问道。

"他没死。"明海法师数着念珠，微微一笑道。

"在——哪儿？"

"你就是。"

蒙面人无言低头，揭下面纱，正是宝和尚。

原来，从吴宝剃发入寺，明海法师就知道他为佛经而来，今夜不见他人影，也没听到打斗声，所以，知道他没被杀，也断定来人就是他。明海法师告诉他，庙中有三藏手抄经，实属空谈：三藏法师西来时，还没观音寺呢。

宝和尚听了，满脸通红道："师父，能原谅弟子吗？"

法师呵呵一笑，告诉他，佛祖都原谅有错之人，何况自己。

宝和尚从此留在庙中，一心向佛，再无他念，终成一代大师，被后人称为宝大师。

拯 救

　　那天，他毒瘾又犯了，在床上翻滚着，哀号着，眼泪鼻涕长流。望着他，望着不再英俊如昔的他，她泪水涌了出来，悄悄转身走了出去。

　　再回来，她拿出点白面，放在他面前："如果忍不住了，就吸一点儿吧。"虽这样说，她仍衷心希望他摇头。

　　他愣一愣，望着她，接过白粉，找了张锡纸，颤抖着手点着吸起来。那种久违的味儿，虽不纯，却仍深深进入肺里，进入灵魂深处。一个身子，顿时飘飘然，如云里雾里一般。

　　吸罢，他终于有力气了，问她："哪儿来的钱？"

　　他知道，家里已经什么也没有了。为了吸毒，他卖光了一切，除了身上的衣服外。

　　她没回答，轻轻转身进了厨房。

　　呆了一会儿，他忽然擎起巴掌，噼里啪啦扇着自己的耳光。他骂自己："万行，你不是人，真他妈的不是人。"他恨自己，几次发誓戒毒，几次失败。

　　她再次出来时，掏出点钱，让他去买条鱼。她显然哭过，眼圈红红的，说他戒毒戒瘦了，她想做鱼汤给他补补身子。他惭愧地低下头，接过钱，走了出去。

　　他没买鱼，空着手回来，瞅她没注意，悄悄溜进房里，藏起什么东西来。

　　她知道，那钱没买鱼，就一定买了毒品。她的心中，很冷很冷，如落进了冰窟。

　　以后，一旦哈欠连天，浑身无力，他就会悄悄溜进房内，偷偷在柜内拿出个包，打开，捏着一撮白粉，用舌头舔舔。看到她，他脸红了，低下头，低声道："英子，我一定戒——"

17

　　她长叹一声，泪珠沿着睫毛落下，如晶莹的露珠。

　　他说："英子，我真的戒。"

　　她转身，慢慢走了。

　　一天又一天，他的脸上渐渐恢复了红晕，说话声音洪亮了，出去干活也卖力了。但有时打哈欠时，他仍忍不住溜进房内，拿出纸包，捏一撮白粉，悄悄舔一下。

　　看到她，他会尴尬地一笑，藏起纸包。

　　她低垂着睫毛，上面，总挂着无奈，如绿叶上沾着的灰尘。

　　终于忍不住了，一天，趁他不在家，她拿了纸包，又一次进了公安局。王局长接过纸包，检查之后，令她大吃一惊，纸包中不是毒品，是红薯粉。

　　"他在戒？"她问，兴奋得声音颤颤的。

　　王局长点点头："相信他吧，他是个有毅力的年轻人。"

　　她点着头，微笑着走了。

　　晚上，他回来，她偎依在他怀里，又嗔又喜道："什么时候开始吸红薯粉的？"

　　他告诉他，就是那次，毒瘾发作，她出去给他买毒品。后来，他知道，她是卖血为他买的时，他泪流满面，跪倒在地，对天发誓，再不戒毒，誓不为人。

　　戒毒后，时间长了，有点小孩断乳的感觉，会时时想起。小孩不是给点糖哄哄吗？所以，他就弄点红薯粉哄哄自己，瘾发了，舔一下就过了。

　　"可，我给你的钱呢？"她不解地问。

　　他打开柜子，拿出个纸袋，打开，里面是条白裙子。那次，她给的钱，他舍不得买鱼，就买了条裙子，想在她生日时拿出来，给她个惊喜。

　　她一笑，接过裙子，穿在身上，灯下，如一朵百合花淡淡盛开，对着他一笑。那笑，也如百合一般，洁净，纤尘不染。

　　她觉得，今天，比她的生日还喜庆。

有一件事，她始终没告诉他。那次毒品是红薯粉，里面仅放了一点儿白面。那方法，是王局长教的，说实在受不了了，试试看。谁想，居然哄过了他。

有件事，他也没告诉她，吸食红薯粉的办法，也是王局长教的，说瘾发了，吸着或许顶用。

谁知，红薯粉真创造了奇迹。

还是王局长说得好："不是红薯粉，是爱，创造了奇迹。"

自　首

那年，王县令刚上任，塔元县就发生了件抢劫案，可是，半月过去，劫匪一无下落。王县令唯有捻须长叹，毫无办法。

就在这时，差役来报，县衙以及街坊墙上，到处贴着匿名书。原来，有盗贼看王县令追查很严，怕查出来后，会受到严惩；想自首，又怕县令不饶，所以，用这个匿名书张贴出来，也算投石问路，试试王县令的态度。

王县令听罢，眼睛一亮，忙让差役贴出布告：若愿自首，既往不咎。

当天，那些抢劫的人，一个个来到县衙，都来自首，生怕来迟一步，被别人占了先。

轻轻松松，王县令破了案。

过后，张书吏很是惊讶，望着王县令道，这儿的盗贼一贯顽固，这次怎么这么听话啊，竟然自贴广告，要求自首。王县令听了，捻须哈哈一笑，得意地道："盗贼顽固如旧，只是本县略施小计而已。"

张书吏更是惊讶，忙问："什么计？"

王县令摇头微笑，许久，告诉他，那匿名书不是别人所写，实乃自己所为。张书吏听了，开始惊奇，既而大笑，然后怕案叫好。对王县令，再不以庸官相待。

两人搭档，不知不觉三年。三年中，两人亲如弟兄，无所不谈。塔元县，在两人合作治理下，县境太平，百姓康乐，家家欢笑，人人喜悦。

可是，三年后，塔元县遇上一场大灾难。

那年，县境之内，遭遇百年难遇的大旱，颗粒无收。一时，百姓流离失所，十室九空。王县令虽捉贼有法，却赈灾无方，唯有长叹而已。

张书吏也皱了眉，弯了腰，整日长叹，如抽去筋骨一般。

就在那日晚上，塔元县征收上来的税银，放在仓库中，竟然被贼洗劫一空。王知县的上司商州知府知道了，大惊，忙上报皇帝。皇帝气得直吹胡子，命令商州府知府和塔元县王知县限期破案，否则，两人全都革职拿问。

王县令思索再三，只有用老办法，假装贼人，写了匿名书信张贴街上。可惜，不管用，没人自首。

知府急了，说，没有别的办法，东西是在塔元县丢失，让塔元县百姓平摊。

王县令道，这样做，会逼死人的。

知府急了，道，不这样做，我们都会坐牢的。

知府大人一言九鼎，当即派下差役，准备第二天下去催银。那天晚上，张书吏来到知府面前，一笑道，不必查了，也不必逼了，银子是我盗的。

知府与王知县睁大了眼，忙派人到张书吏那儿去查，挖地三尺，一两银子也没找见。张书吏呵呵一笑，找什么，被我挥霍光了。

知府和王知县不信，张书吏一贯清白，不可能盗银。张书吏说，不用怀疑，自己盗银时，有一块铜坠丢了，可能还在现场。知府忙派人去找，果然找到铜坠。张书吏被交上去，判为死刑，几天后将被斩首。

张书吏受刑的前夜，王县令也进了监狱，脚镣手铐戴着。

张书吏见了，惊问，这——这是为何？

王县令一笑，盘腿坐下，道，老弟，银子明明是我盗的，让你抵罪，我心何安？

张书吏长叹一口气，过了会儿道，你是为我塔元百姓做贼，替你死，我是自愿的。

王县令惊道，你——你都知道？

张书吏点点头，告诉王县令，银子失盗的晚上，他的亲戚朋友家，都得到了救济银子。他去了盗窃现场，拾到一块配饰，是王县令的。他知道，王县令这样做，是怕连累别人。他忙收起这块配饰，摘下自己身上长佩的铜坠，扔在那儿，转身去知府处自首。

望着张书吏，王县令流下了泪。两个人，两双手紧握一起。

第二天，上刑场时，两人仍是一块儿。在刽子手动刀的那一刻，王县令转过头，笑着对张书吏说，老弟，来生，我们再在一块儿。

张书吏点着头，笑笑，很坚定。

神 医 和 尚

过去的读书人，有几个不是医生？背着青囊，看书，也看病，考学、行医两不误。

吴方周就是这样一个书生。

吴方周乃江南世家子弟，祖上吴一甫，一筒银针，几服草药，祛病疗伤，应验如神，所以人称吴菩萨。门上大书一匾：金针度世。

当然，江南人没见过圣手吴一甫，吴方周的手段，却不少见。

一日，一孕妇难产，血流如水，婴儿仍迟迟不见出来。时间一长，孕妇断了气，婴儿看来也得胎死腹中。接生婆连声念阿弥陀佛，已无他法。这时，一人青帽长衫施施然而来。孕妇正在入殓，那人拦住道："人还活着，有救。"

别人不信，明显已死了一个时辰了，

那人拿一根香，点着，放在孕妇鼻端，烟袅袅娜娜略作歪斜状："死了还有气？瞧，烟在歪斜呢。"说完，抽一根针，一针从孕妇人中插入。孕妇妈呀一声叫，醒了。孕妇的丈夫喜极而泣，"咚"地跪下，叩头如捣蒜，请神医无论如何再救一下未出生的婴儿。

那人把耳朵贴在孕妇肚皮上倾听有顷，又拿出一根针，半尺长，在孕妇腹中摸摸，一针下去，又迅速抽出。孕妇肚中一阵胎动，一会儿，一个女婴落生，"咯儿咯儿"直哭，耳尖上，有针孔的洞眼。

那人一笑道："这小家伙，在胎内睡着了。"然后，收了针飘然而去。

这人，就是吴方周。

吴方周杏林扬名，却科场蹭蹬，少年考起，一直到五十多岁，才考中进士，放了一任知县。

吴知县挂着药箱走马上任，到了衙门，忙时处理公事，闲时处理病人：两年下来，官做的不是多好，但也不坏。

那日，吴知县在后堂看书，门外，惊堂鼓响声如雷。

吴知县扔了书，穿上官袍，坐堂审案，来的是两个男人，一个姓白，一个姓王，原来，王家的女孩，指腹为婚，小小的就配给了白家的男孩，可是，王家女孩大了，却看不上白家男孩，爱上了另一个同村小伙子。

白家一怒，就把王家告上了县衙。

吴知县一听火了，一臣不事二主，一女不嫁二夫，天下事岂有此理？一旦认为是正确的，吴知县办起来就有些雷厉风行。

所以，他将着须，对姓白的道："我给你撑腰，你放心。"

姓白的叩头如捣蒜，连称吴老爷是包青天。

吴知县心里很受用，索性好事做到底，吩咐，你快回去给儿子完婚吧。

白家男人无奈道，可那女孩不愿意啊。

吴知县一拍惊堂木，叫来差役们，拿着老爷的判决，去催促王家女孩上轿，实在不行，以有伤教化罪，把她父母枷上。

白家人很高兴，爬起来，随着差役走了。

吴知县回到后堂，接着看书，刚看几页，一个差役跑回来，说老爷，不得了啊，出了人命啦。原来，那女孩被逼无法，一头跳入水塘中，被救起来时，已死了。

吴知县官服也顾不得换，背起药囊，径直向女孩家赶，女孩睡在床上，一动不动。吴知县用香烟试呼吸，用银针扎人中，无济于事。

人已死僵了。

他叹口气，突然，眼睛盯在女孩右耳朵上，上面有一个小小的洞。

他想起自己所救的女孩，呆若木鸡，慢慢走出来。

里面，传来哭声，是女孩父母的声音，千"狗官"万"狗官"地骂，不是差役阻挡，女孩的父亲冲出来，吴知县的身上，大概会挨几下。

他没理会这些，泪流满面道："骂得好，我是个狗官啊。"

当天，回衙，他写了辞呈，挂了官印走了，没人知道他去了哪儿？

不久，江湖上出现一个和尚，挂一个药囊，金针济世，从不留名，世人称他神医和尚。

狙击手的遗憾

这是一杆老枪，老，但并不等于已经报废，相反，它的命中率极高，百发百中。

因为，它被握在一个著名狙击手的手中。

这个狙击手有着狼一样的眼光，蛇一样的灵动，狮子一样的辨别力。他卧在草丛中，一动不动，风吹过塬上，只有草在起伏摇动，只有野兔从塬上跑过。

狙击手如一只潜伏的豹子，一双亮亮的眼睛，一动不动地望着远方，等待着猎物。他的每一颗子弹，都曾让世界为之一抖。

他曾在一座破窗前，射杀了一位身上挂满勋章的将军。当时，将军骑着马，车队锣鼓喧天，一队列兵当前开路，左右警卫荷枪实弹。

将军满面微笑，招手致意。

"啪"的一声枪响，将军一个倒栽葱，掉在马下。狙击手，却如鬼魅一般，了无踪影。

不久，他又狙杀了敌人的支队司令，一位足智多谋的英雄。那天，支队司令带着一群参谋，挎剑佩枪，视察战场，所到之处，士兵纷纷举手行礼。支队司令颔首走过，拿起望远镜，挥洒自如地向远方望去。他丝毫没有料想到，一支老枪对准了他。

一声清脆的枪响，划破了庄严的天空。

支队司令倒下，眼中是无限的惊骇，至死，他大概也不相信，有人竟敢在万马军中狙杀自己。

在一阵混乱中，狙击手拖着那支老枪，消失在埋伏地点。

到现在，在这场战争中，老枪已经狙杀了九十九个军官，而且，每一个都是独当一面的人，都是将被载入史册的人。

狙击手知道，自己也将被载入史册，让老枪成为一代名枪，让自己

成为一代枪王，成为所有狙击手仰望的一座丰碑。

这，当然不是因为狙击手狙杀了九十九位著名人物。

狙击手认为，他们，只是他狙击生涯的一碟碟小菜，是老枪下的一只只兔子，是达到顶峰前的一点小小的点缀。

他的大餐，就在今天。

老枪枪口下射击的百兽之王，将在今天这条路上经过。

他人生的顶峰，也会因今天一枪达到巅峰，无人可及。

因为，有情报显示，今天，敌国的统帅将在这儿经过，去指挥前方的作战部队。

为了狙击那位敌国百姓心目中的英雄，为了剪除敌国军人的精神支柱，他在这儿已经埋伏了三天三夜。

今天一枪，将会结束战争。

他想，到时，自己就会扛着这支老枪回国。老枪，成为名枪，进入军事博物馆；自己，将会成为一位英雄，到处演讲，到处观光，到处得到美女的拥抱和亲吻。

眼前是一条荒僻的路，三天来，除了兔子，没一个人经过。

他不急，他是有名的狙击手，意志如铁，毅力如钢。他知道，越是这个时候，越是能考验出一个狙击手耐力和素质，也越是最关键的时刻。

他拿起望远镜，向远处望去。远处，有几只鸟儿飞来飞去，阳光在草尖上跳跃。

一切静如洪荒。

突然，他身子一抖。

在草际浪尖，闪动着两个黑点，狙击手凭第六感觉知道，那是人。

在这儿，没有闲人，来的，一定是敌国统帅。

狙击手伏下身子，细心地检查了一遍枪，然后，装好子弹，将枪悄悄伸了出去。

那两个黑点越来越近，已经能看清脸面了。

狙击手眼睛死盯着前面，脸上失望的神色越来越浓重：来的人，没有挂勋章，甚至，没有肩章。前面是个糟老头子，头发摇曳如草；后面

是个半大孩子。

两个穿的如其说是军装，不如说是叫花子衣服，破烂不堪。

那个半大孩子突然摔了一跤，前面的糟老头子转身，扶起孩子，如一个祖父一般拍掉他身上的土，接下他肩上的枪，扛在自己肩上。老头回过头时，狙击手通过准星清楚地看到，那是一张慈善而皱纹堆垒的脸。

一个才入伍的老实巴交的农民，狙击手失望地猜测。

狙击手收起枪：名枪之下，不死无名之辈。

那两个人走远了。狙击手又一次拿起老枪，卧在草丛中，静静地等待着，等待着敌国统帅经过。但是，天慢慢黑下来，仍不见一个人影。

第二天，狙击手准备继续等待。这时，他接到通知，敌军统帅已到前方，正在指挥战斗，让狙击手赶快狙杀。狙击手接到命令，匆匆带着老枪，还有一系列的疑问，到了前沿。

一个老头子，正在那儿指挥敌军进攻。

那人，他认识，就是昨天在他的老枪下走过的那个老农夫。

他迟疑了一下，仍有点不信。"快，就是他，那位大名鼎鼎的统帅！"旁边的战友提醒道。他一惊，举起枪，还没有扣动扳机，对面，传来一声清脆的枪响，他晃了晃，倒了下去。

他被对方的狙击手发现了。

临死前，他抱着老枪，对旁边的狙击手传授了一句以生命换来的狙击箴言："任何高明的狙击手，也永远狙击不了美德。"

第一辑

思念的秦腔

思念的秦腔

到了孤岛，将军很孤独。

别人都娶了三房四妾，将军不，将军仍孤身一人。将军老家，有一个结发妻子，白白圆圆的脸，弯弯的眉，一笑一对酒窝，把将军的心都醉透了。成亲那天，新媳妇拿出一个荷包送给将军，上面绣着并蒂莲花。新媳妇红着脸，告诉他，那莲花，一朵是他，另一朵是她。

他看，果然，一朵红的，直挺挺的，如男人一样伟岸；一朵白的，袅袅娜娜，如新媳妇一样温柔细腻。

他的心甜如一颗蜜枣。

可是，乱世，怎么会有并蒂莲花啊。

婚后不久，他走了，因为，他杀了一个汉奸。那人带着小日本，烧了他们的村子，抢了他们的庄稼，还奸污了几个没跑赢的女人。

他带着新媳妇，在躲藏的地方跑回来，一见这情景就红了眼，当夜翻入汉奸家中，一刀子剁了汉奸，然后，血写大书："叛国卖种，禽兽不如，当杀。"

连夜，他走了，新媳妇去送，送了一程又一程，走了一弯又一弯。新媳妇抽泣着，拉着他的手，叮嘱他早回家，自己生是他的人，死是他的鬼。

他轻轻擦除她脸上的泪，道："活着，千里万里，我会回来；死了，我的魂也会回来陪你。"然后，一转身，走向了月夜中。

　　进入国军中，他一杆枪，枪枪毙命，赢得了"夺命将军"的称号。八年，整整八年，打败了日本人。

　　他心急如焚，急欲回家，去看故乡，看乡亲，看那个细眉长眼的心上人。

　　可是，还没成行，战争又起。

　　他带着他的部队，一路败退，来到孤岛，赋闲在家，每日无事时，他会拿着那个荷包，站在海边，对着波涛汹涌的大海，泪水纵横。

　　他知道，海那边，故乡的山路旁，一定也有一个人，在默默地望着天涯的另一边：如果，她有幸躲过战乱的话。

　　见他孤寂，伤感，有部下体贴他，送了他一个白玉鸟笼，里面，养了一只秀气的小鸟，红嘴绿身，是鹦鹉。送来那天，部下双脚一并，行个军礼说："师长好！"笼里的小鸟也尖声尖气道："师长好！"

　　他睁大眼，即之哈哈大笑。

　　部下告诉他，这鸟能学人言语，很机灵，特意送来给您老解闷。他高兴地收下，从此，就有了一个谈伴。

　　他教鸟儿读诗，教鸟儿说自己家乡的方言，教鸟儿唱秦腔。每次有部下来了，他都让鸟儿唱一曲，唱的每一个部下心酸落泪，乡音萦心。

　　有时，他也教鸟儿喊心如：心如，是她的名字。

　　鸟儿一喊心如，他的眼前，就出现一个女子，一排刘海，水亮的眼睛，望着他，仿佛在问他，这么长时间了，怎么还不回来啊？

　　一时，他情不自禁，老泪滚滚而下。

　　在岁月中，他和这只鸟儿相依为命。他想，有生之年，他如果能回去，一定带上鸟儿，让它当面喊声心如，然后看她咬着牙"咻"的笑了。

　　她的笑，非常好看。

　　那日，他接到海那边辗转而来的一封信，信里告诉他，她等他，终于没有等到，最终在村口遥望他的时候倒了下去，遗言让给自己造墓，一墓双洞，活着等不到他，死了也要等他回来。他默默地流着泪，拿出那个荷包，听着鸟儿唱着他过去所叫的秦腔："祖籍陕西韩城县，杏花

村中有家园——"突然，副官匆匆来报，有人在闹事。他挥挥手，说这是政府管的，自己已经归隐，怕得再染红尘。

副官说，是一个戴眼镜的，正在鼓动什么本岛独立。

他一听，火了，这些人，他早已听说过。他右手提着那支当年让日军胆战心惊的枪，左手提着鸟笼赶去了。果然，一个戴眼镜的唾沫横飞，正在人前起劲地鼓吹着。

他大喝一声："住口，你是哪国人？"

那人一愣，回嘴道："本岛人。"

"本岛人是哪国人？"他厉声问道。

"本岛人就是本岛人，不属于哪国。"那人白着脸。

将军一听，火了，一把推上枪。副官急了，忙一侧身托住将军的手。

就在这时，鸟笼中，鸟儿也学舌道："本岛人就是本岛人，不属于哪国人。"

将军脸色白了，呆呆地望着鸟笼，突然打开笼子，鸟儿一拍翅膀，飞了出来。将军一闭眼，一甩手，"啪"的一声。鸟儿一声惊叫，掉下几根羽毛，飞走了。

戴眼镜的一惊，软倒在地下，再也爬不起来。

将军指着地上几根鸟羽，道："养不熟的畜生，滚。"眼镜听了，爬起来，踉踉跄跄跑了。

将军吹去枪口上一缕蓝烟，那一刻，他能感到，她在对他笑，仍是过去那样，一脸阳光。

30

废墟里的谎言

　　她醒来，首先想到他，自己新婚几天的新郎。

　　不知他怎样了，不知道地震到来时，他跑出来没有；还有，他的那些个娃娃，一个个羊羔子似的娃娃，不知都安全不？

　　她的手还能活动，在衣袋里摸索着，终于，摸到了手机，还好，没有被砸坏。

　　她打开手机，拨通号码，有信息。

　　叫了一会儿，好像过了一个世纪那样漫长。手机那边，传来声音，是他的，问："你好吗，小荒？"

　　那一刻，她泪雨滂沱，很想扑在他的怀里，大哭一场。可是，此时，这个最简单的想法，都成了一种奢侈。

　　她努力地平静着自己的情绪，带着惯有的温柔说："我还好，你呢？"

　　"我也很好，正在到处找你呢。"他说，有喘息声，仿佛很累的样子。

　　她从心里感到安慰，长长一段时间的担心，突然松懈下来，感到疼痛沿着右腿袭上来，忍不住哼了一声。

　　"怎么了，你？不要紧吧？"手机那头，他焦虑地问。

　　"不要紧，只是被玻璃刮伤了一点儿。"尽量地，她把伤说轻些。

　　"你，你在哪儿？"他一贯地婆婆妈妈。

　　"被压在楼房下面，不要紧，不重。"她努力开解，怕他担心。

　　"我就来了。"他说，同时，给她报告着外面的好消息：家里的人和亲戚都很好，他的学生也都很好，她养的那条黄狗也很好，都在安全的地方。

　　她"嗯嗯"地应着，所有的担心，在这个时候都消失了，紧张的神

经松弛下来，感觉到疲乏阵阵袭来。她告诉他，她很累，想睡一会儿，过一会儿再联系，好吗？

他急了，一遍遍叮嘱，不要睡，要撑住，他已经找到地方了，正准备救她。

听了，她的眼中，溅出希望的火花。

他告诉她，一定要撑着，活着和他见面。"你可别扔下我，这辈子你扔不下我了。自从第一次看见你，从此，我就死心塌地地爱上了你。"

她笑了，甜甜的。又一次想到了他们初次相见时他的傻样子，两眼直直的。就说："谁像你？两眼直勾勾的，像贼。"

手机那边，他也笑了，充满阳光。

他告诉她，他忙着，正在努力地挖掘水泥，让她挺住，马上就要出来了。"我要关机了，手机没电了。"长长一段时间的静默后，他说。

她感到无限留恋，仿佛一种生离死别一样。

那一刻，他也变得留恋不舍，一遍遍地叮嘱："你一定要好好保重身体，好好活着啊。不管遇到什么打击，也不要哭，我、我最怕你流眼泪——"

她像孩子一样，答应："我不哭，有你，我什么也不怕。"

那边，他笑一声："傻丫头，我爱你，永远爱你。"

手机关了，一切，都沉寂在黑暗中。可是，在痛苦、饥饿和干渴中，她始终微笑着，忍受着煎熬。手里，紧紧地攥着手机，热乎乎的，仿佛他对她的爱。

有他在外面等着，她还怕什么？有什么不能忍受的？

模模糊糊中，不知时间走了多长的距离。接着，传来了人声，欢呼声。有人说："好了好了，找到了。"几个人下去，抱上她。可是，没有他。

她的心里，隐隐有点不快，为他的疏忽和大意。

接着，她被送往医院。他的同事和学生知道了，都来看望她。那些孩子，一张张小脸如花儿开放。可是，在这些人中，仍然不见他。

隐隐地，她感到不安，忙问校长，他呢，怎么没来？

校长流下了泪。这时，她才知道，他已经离开了她，永远。

为了救那些孩子，他走在最后，被埋在倒塌的楼房里，昨天，被扒出，已经断了气。死时，手机还紧紧捏在手中。

校长递过手机，他的。她打开，屏幕上，有一行清晰的字：亲爱的，我走了，你可千万要支撑住，不要哭啊！

那一刻，她又一次泪雨滂沱起来，为他，也为他的谎言。

拯 救 翠 鸟

这是一只翠鸟，小小的，浑身碧翠如玉，上面嵌着一个嫩黄的小嘴，在枝上跳跃着，发出清脆的叫声。小和尚轻轻一叫，翠鸟就落下来，落在他手上，嫩黄的小嘴，吐出清亮亮的声音。

第一次看见这只鸟时，它受伤了。那时，它落在地上，羽毛蓬松着，身上有一处伤。他双手捧起它，捧回庙中，然后给它治伤，喂水，喂食物。

慢慢的，鸟儿伤好了，叫起来，声音如笛儿一样。

他敲着木鱼，颂着佛经。这只小小的鸟儿，就在佛堂上飞来飞去，一会儿落在房梁上，一会儿又落在他的肩上，间或，会叫两声，很清亮很清亮。

看着鸟儿，他稚气的脸上露出了笑。

看见她，是一个上午。

她很美，像一尊观音，眉眼亮亮地出现在他的面前。他轻轻地敲着木鱼，声音仍一板一眼的。鸟儿飞来，落在他的肩上，呷着嫩黄的小

嘴，清亮地叫了一声。

看到翠鸟，她眼睛一亮，去捉那鸟儿，鸟儿一振翅，飞走了，只有几声鸟叫，在空气中流荡。

"小师傅，把那只鸟儿卖给我吧，我给你银子。"她说。

他抬起头，脸上有点红：她，太美了。他摇摇头，不想卖，不过，她如果喜欢，他是愿意送她的。他觉得，只有她，才配养这样的鸟儿。

就在这时，一个人进来，轻声道："公主，那小丫头不小心，把你的一个瓷杯打碎了。"

她听了，烟一样的眉毛拢起，咬了咬牙道："拉下去，打，狠狠地打。"进来的人答应一声，出去了。外面，响起了哭叫声。

他听了，知道她是一位公主。

他们这儿，是皇家寺院。

她转过脸，又笑了，刚才咬牙切齿的样子，仿佛一转眼被风吹走了。她掏出银子，他却摇摇头，慢慢地，一字一顿道："我不卖。"

"怎么？"她问。

"翠翠离不开我。"他说。翠翠，是他给鸟儿取的名字。

她笑了，是冷笑，很冷很冷的笑，告诉他："小和尚，我是公主，知道吗？"

他点头，他知道。

"你害怕吗？"她问。

他点头，心里确实十分害怕。

"给我。"她吐出两个字。

他不。他感到浑身有点冷，裹了一下小小的僧袍，摇了摇头。

"不给，我就让它死。"她发怒了，眼睛瞪圆了，站了起来，一边向外走一边喊："余将军！余将军——"一个满脸胡子的人走上前。她挥着手吩咐道，那一只翠鸟，看到了吗？用你神箭射死它，"哼，我得不到，别人也休想得到。"

满脸胡子的人听了，答应一声，抽弓搭箭，瞄准那鸟儿。

鸟儿正在草地上蹦跳着，草地上，草已经结籽，翠翠爱吃呢。翠翠

一边蹦跳着，一边啄食着，不时鸣叫两声，欢快极了。

它不知道，危险正在降临。

然而，他知道：他跟了出来。

满脸胡子的人拉圆弓，"嗖"的一声，箭射了出去。几乎同时，他扑过去，张开双臂扑向鸟儿，嘴里大喊："飞啊，快飞啊。"箭没射中鸟儿，却射入他的胸脯，他缓缓倒下，嘴里喃喃道："飞啊，快飞啊。"

朦胧中，他看见翠翠飞起来，飞向天空，飞向太阳升起的地方。

他笑了，慢慢闭上了眼。

棍 僧 行 一

行一是个小和尚，他的父亲原是山下有名的财主，可是，一天，受到白狼山强盗的抢劫，行一的父亲，还有母亲，被白狼山土匪杀了，扔下行一一个人，爬在父母身上哇哇地哭。

那年，行一三岁，是个小小的孩童。

智深师父下山，见了孩子，念声阿弥陀佛，抱着上山。从此，孩子跟着智深大师，剃度了，叫行一。

行一渐渐大了，念经，经常走神：行一想起了爹，想起了娘，想起了杀死爹娘的白狼山土匪白虎。行一放下经书，说："师父，我要报仇。"师父摇头，报仇，是那么容易的吗？再说，要杀白虎，首先要对付他手下的人，那一路杀下去，还不血流成河？

智深大师慈悲心肠，坚决不许。他觉得，行一有心魔，要抵制心魔，得用巧法。

一天，智深大师吐了血，对着哭哭啼啼的行一道："师父大限不远了，可有桩心事未了。"原来，智深大师想凿岩为洞，死去之后，进行岩葬。

行一听了，擦了泪，说师父放心，我去凿洞。拿一把铁锹准备走，被师父挡住，师父曾发过誓，凿洞必须用木棍，而不能用铁器。

行一不知师父为什么要发这样个奇怪的誓，不过，既然是师父的誓言，行一就一定遵从，扔了铁器，换了木棍。

这儿是石岗岩，用木棍开洞，几乎是不可能的。

但行一爱师父，敬重师父，他发誓要实现师父的愿望。于是，他上午念经，下午用木棍凿洞。

时间一天一天过去，寒来暑往，洞一点一点增大，开始慢，后来快。在劳作中，行一慢慢长大，长成了一个小伙子，肌肉结实的小伙子。

他一心想着凿洞，忘记了仇恨。

智深师父长长吐了一口气。

十年之后，一个大洞凿成，行一的脸上露出了微笑。

智深大师是那个冬天圆寂的。当时下着雪，那个下午，他叫来师弟智广，告诉他，自己大限已到，最不放心的是行一，这孩子杀心太重，十年来，自己以凿洞为由，引开了他的注意力，自己圆寂后，希望师弟多教导行一，让他忘记仇恨，一心向善。

智广连连点头，随之，智深大师微笑而终。

行一号啕大哭，面对着世间唯一的亲人。

以后，智广大师开始教导行一佛理。智光大师如智深大师一样，对他细心关爱呵护有加，并遵从师兄嘱托，处处对行一以善劝导，力求消除行一的杀心。

走路时，智广大师让行一注意脚下，且莫伤及蝼蚁。

点灯时，智广大师让行一务必罩上纸罩，飞虫扑火，其情堪怜。

夏夜里，床上要罩蚊帐，以免蚊虫叮咬，一掌下去就是一条生命。行一道，师叔，我不拍还不成吗？智广大师摇头道，怕就怕梦中无意一

掌，害了生命啊。说完，双掌合十，连称罪过，原来，昨晚梦中，自己不小心，打了一只吸血蚊子，至今还感难受呢。

半年之中，行一和尚已成为一个彻彻底底的佛子。

一日，行一随智广大师下山化斋，路过一个村子，突听人喊狗叫，马嘶刀鸣，乱哄哄一团。人们齐喊，不得了啦，白狼山白虎来啦。

智广大师偷看行一，只见那张年轻的脸无恨无怒，波澜不惊，暗感欣慰。

到了村子，两人看到白虎举着一个小孩，哈哈大笑，对旁边一个怒目而视的老头说："你不是做官清廉吗？当年一次就杀了我的两个兄弟，还说为民除害。哼哼，今天，待我把你孙子扔入火中，让你这个清官绝后。"说着，就准备扔。

孩子吓得哇哇大哭。

孩子的爷爷一急，晕了过去。

就在这时，只听得一声怒吼，行一拿起了一根木棍冲了过去，他要救下那个孩子。白虎旁边的一个土匪看见，忙用盾去挡，行一一棍戳过去，盾被戳穿了，木棍余势不减，从那土匪肚子穿过，又把白虎扎了个对穿。

白虎望着这根棍子，不相信似的缓缓倒下。白狼山土匪从没见过这种能耐，一声喊，吓得一哄而散。

行一吓傻了，他没想到，给师父凿洞，竟让自己凿出这么强劲的臂力，而且一棍捅死两个人，半天，他磕磕巴巴道："师叔，我——我杀生了。"

智广愣了一会儿，醒悟过来，轻声宣着佛号道："这不是杀生，是行善！"他想，自己是这样想的，师兄一定也会这样想的。就连佛祖，一定也会这样想吧？

生命的声音

那是发生在一次煤矿透水事件中的故事。

他被困在矿井下，四周一片漆黑。卧在一个几十米高的工作台上，两天两夜了，他的精神已经临近崩溃。

他知道自己这一次是在劫难逃了。

一个人孤零零地身处千米以下的矿井中，没有吃的，没有喝的，更没有一点声音，不用说饿死，憋也会把人憋死。

他听老矿工说过，以往在煤矿透水事件中死亡的人，很少是饿死或窒息死亡，大都是精神崩溃，在救援队伍还未到来之前，先绝望死去。

一般人是肉体死了，而后精神随之消失；而精神绝望的人，一般都是精神死去，而后肉体也随之死去。

他就属于后者。他放弃了，与其这样孤孤单单地熬下去，这样在孤独中无望地等待，还不如早些死了，早些解脱。

黑洞洞的煤坑里什么也没有，除了死亡的影子紧紧地跟随着他，咬噬着他的肉体、咀嚼着他的灵魂之外，什么也没有。这时，若有一点儿声音，哪怕是对他最恶毒的诅咒，不，即使是一双手打在他脸上发出的声音，也会让他欣喜若狂，从而从恍恍惚惚中醒来，重新振作起来。

但没有，一点儿也没有，连一块土坷垃滚动的声音都不再有。

迷迷糊糊地，他感到光着的膀子上有点痒，下意识地用手去挠。同时，有一个声音响起，声音很小，若有若无，但在他耳中听来，却如巨雷一样惊天动地。

嗡——分明是蚊子的声音。

他悚然一惊，忙坐起来，听着这天外之音，细细的，一波三折，时断时续。一会儿离他耳朵近了，很是清楚，如二胡的尾音；一会儿又远了，像梦的影子，让他努力侧着耳朵去寻。

　　这大概也是一只饿极了的蚊子，已临近死亡的边缘。他暗暗地叹了一口气。

　　当这只蚊子再一次落在他的脖子上时，他一动不动。他清晰地感觉到这只蚊子几只长长的脚在皮肤上爬动。接着，是一只管子扎了进去，吸他的血。

　　他如老僧入定一般，静静地躺在那里，一动不动。

　　蚊子吸饱了，飞起来了，嗡嗡地唱着，真好听。它飞向哪儿，他的头就转向哪儿。一直到它飞累了，停了下来，他也停止了寻找。他想打开矿灯去看看，可又怕惊吓了它。

　　这一刻，他的心宁静极了。

　　他知道，他还活着，他不孤单，也不感到黑暗，至少，这儿还有一个生命陪伴着他。虽然它那么小那么小，可此时，他们互相是对方的全部，包括希望，包括精神，也包括生命。

　　要活下去，他想，生命之间是需要相互关心的，尤其在患难中更是需要相濡以沫。他相信，外面的工友们一定在千方百计地设法营救自己，他们绝不会坐视不管。

　　他没有别的吃的，就将煤撮着一点一点往胃里咽。他听说过，有人在煤坑里就曾以吃煤救过命。

　　此后的五天，他就以听蚊子叫和吃煤延续着自己的生命。

　　第六天，一道亮光倾泻而下。他得救了。

　　当他被救出时，耳边依然听到嗡嗡的唱歌声。

　　他的眼睛被包着，看不见，但他分明感觉到了蚊子飞走的姿势，矫健、优美，绝不拖泥带水。他想，生命是多么美好啊，正是在相互支撑相互扶持中，才显得丰富多彩而毫不孤单。

忏　悔

　　经过长途跋涉，汉子来到了这儿。茫茫戈壁，一眼望不到边。在一道沙梁的背面，一弯清水，一丛树林，树林深处，红檐一角高高翘起，有钟声传来，当当地响。清水池边，芦苇丛中，不时有几只白色的鸟儿飞起，盘旋一匝，又敛着翅膀落入林中。

　　林中有一座寺庙，精致小巧的寺庙。庙里，住着个老和尚——智大师。

　　汉子来到了寺庙，遇见智大师，扑通一声跪下，道："大师，我想出家。"

　　智大师望着眼前的汉子，衣衫褴褛，满面灰尘，显得疲劳，沮丧，无神。大师缓缓地数着佛珠，望着他。大师的眼睛澄澈如水，无风无波，良久良久，摇摇头。

　　"为什么？"他沙哑着喉咙问道。

　　"心存善念，我佛在此。"大师用手指指自己的胸口，一字一顿说，"若存恶念，出家为何？"

　　汉子无言地望着大师，良久道："难道连佛也不收留我吗？"语言有气无力，恍若迷茫之中。然后，他站起来，悠悠乎乎向山门外走去。身后，智大师一声长叹："西天地狱，一念之间，心净即是入佛。"

　　汉子没有听见，汉子的背影，已走出山门，隐入暮色苍茫的林子中。

　　汉子并没有走远，就住在林中，结一草棚，每日打鱼，聊以为生。闲暇时，折一根芦管，放于唇上吹起，芦管呜呜作响，声音显得苍凉忧伤，在黄昏里，或在月光下，倍增凄苦。智大师站在院内，低眉敛目，数着念珠，他不知道，汉子的心中究竟有如何的困扰和纠结。

　　一日，智大师的侄子来寺院小住，他是画院学子，暑假期间来此写生。

那日，仍是黄昏，霞光如一片胭脂，把无边沙漠沁染得一片潋滟，几棵胡杨树在夕光中伸展着树枝，苍劲如铁，清晰如画。突然，一声芦管声响起，在夕光中倏忽而起，凄凉而恓惶，如一只无助的大鸟，张翅在黄昏中盘旋漫飞。

智大师的侄子悄悄走近，是那个汉子，吹着芦管，满头乱发在夕光下飘飞。

智大师侄子一时为眼前景色倾倒，不由得叹道："这简直就是一幅天然的油画啊！"飞快回到寺庙，取出画夹画笔，刷刷刷画了起来，三天之后，画已作成，取名为《吹芦管的汉子》，然后作别大师，回了画院。

原来，他这次来是为了寻找绘画的材料，参加一次国内著名的画展。

不久，智大师的侄子来信，告诉智大师，自己那幅参赛作品获得特等奖，受到各地绘画爱好者的关注，同时也引来了知情人的目光。原来，画中的汉子是一个在逃的罪犯，他酒后开车，碾死了一个小孩，弃车出逃，至今还在通缉之中。

大师无言，默默收起信。

第二天，他去了汉子草棚。汉子见了他，又一次跪下，请求出家。他须发纠结，满面凄苦，看得出精神上苦闷不堪。

"为什么？"智大师轻声问。

汉子低下头，喃喃道："一双亮晶晶的眼睛，一直在望着我。"

智大师无言，只是长宣佛号："阿弥陀佛！"

"我该怎么办？"汉子抬起头，满眼乞求地问。

"苦海无边，回头是岸。"智大师捋捋洁白的胡须，"否则，佛又何用？"

那人无言，低垂了头。智大师摇摇头，轻轻地走出草棚，一直走向寺庙。

寺庙前的池子，水很深，常常会有附近放牧的小孩来游泳。这日，

一个小孩下了水，本来是在浅处扑腾着，突然一脚踩溜，滑入了深水，只喊了声"救命"，就没了人影，只有水泡一个个冒出。

就在这时，一个人从树林中飞奔而来，"咚"的一声跳入水中。

这人，正是汉子。

孩子被汉子用头顶了出来，而汉子自己，却脚被稀泥吸住，再也没能出来，待到被拉出来时，已停止了呼吸。

智大师赶来，坐在汉子尸体边轻轻地诵着经文，临了，看着汉子双眼仍然睁着，伸出手给轻轻阖上，道："火化吧！"有人反对，说，凡俗之人，不是和尚，不能火化。

"他已成佛了。"大师轻声道。

拯 救 猴 子

白小暖是个心地善良的女孩，她见不得鸟儿受伤，虫儿断腿，一见，泪水哗哗的，水龙头一样流个没完没了。

这次，不是虫子受伤，不是鸟儿断翅，是一只小猴挨打。

小城里，经常有耍猴人出现，但鞭打猴子，白小暖倒没见过。

这是一只小猴，大概刚出生不久，蓝汪汪的眼睛，滴溜溜地转，很活泼。但这会儿，那双干净的眼睛中，满是哀求。小家伙已经学会了几招人的动作，这会儿在作揖，不是向别人，是向耍猴人，嘴里吱吱地叫着。

耍猴人并没有停止手中的鞭子，高高举起，挽起一个鞭花，"叭"一声响，又脆又亮，抽在小猴身上。小猴吱一声惨叫，一跳，想跑，可又被绳子扯回去。"叭"的一声，身上又是一下。

每一鞭，白小暖感到，都好像抽在自己身上。

白小暖哭了，尽管十八岁了，可她仍像小时候一样，容易落泪。

耍猴人对白小暖视而不见，仍鞭子挽着花儿，一下又一下，打在小猴身上，好像没有停止的想法，也好像不准备停止。

"叔叔，别打它了好吗？"白小暖求起情来，眼泪巴巴地说。

"让它学耍戏挣钱，它不学。不打，哪来钱？"耍猴人说，手却没停。小猴，仍吱吱乱叫，用双手捂着头团团转，望着她。

她用牙咬咬唇，想了想，掏出兜里五十元钱，递给耍猴人："给你，求你别打它了，好吗？"

耍猴人拿了钱，嘿嘿地笑，连忙点着头，拉着小猴走了，一路上，小猴还吱吱叫，白小暖的泪又哗一下流下来了，好像这只小猴是自己弟弟一样。

那天，白小暖上课老走神，一双蓝汪汪的眼睛，在自己眼前一个劲地晃动，还转啊转的。

晚上，回到家里，梦中，她看到那只小猴在作揖，还流泪，求她救援。

第二天一早，她忙向学校跑去，在那个地方，又遇到耍猴人，一鞭又一鞭，在抽打着那只小猴。

"你——我给你钱了，你咋又打它？"白小暖很生气。

"今天没饭钱啊！"耍猴人见了她，眼光一亮，鞭子落得更快了。

白小暖咬咬牙，又掏出四十元钱，耍猴人收了钱，拉着小猴走了。

一定要拯救这只猴子。她想。

白小暖的老爸是一个公司老板，很有钱。过去，白小暖很少问老爸要钱，可现在不行，每天，她要五十元，经过那儿时，都给耍猴人五十元。

每次，当耍猴人接过钱，停下鞭子时，白小暖都十分高兴，因为，她又解救了小猴的一次灾难。

这样过了半个月。

那天，白小暖一如过去，走过街角时，耍猴人仍在打猴。白小暖走

过去，忙递过钱，可是，就在耍猴人接钱时，小猴一跳，抢过了耍猴人手中的鞭子。

两个人都愣住了，白小暖有点幸灾乐祸，想耍猴人这回惨了。

谁知，小猴没打耍猴人，鞭子如雨，向白小暖打来。白小暖愣了愣，身上很痛，忙落荒而逃。

晚上回到家，爸爸听了她的遭遇后，想了一会儿道，每次小猴挨打后，你就给打猴人钱，小猴也会思索，那小家伙一定以为你在唆使它挨打呢。

真没良心。白小暖想。

但想归想，白小暖仍很担心小猴。第二天一早起来，她就匆忙赶去，耍猴人还在，小猴却不在了。白小暖一惊，问你把小猴怎么了？

我能怎么？被公安局强送了动物园，也不知是谁告的密。那人垂头丧气。

真的？白小暖笑了。昨晚，是她按爸爸的办法，向公安局告的密，她可没想到，公安局的速度那么快。

有时，善良，还是要讲方法的，不然，会适得其反。她想，爸爸说的真对。

古 砚

他爱古董，无事时，会到市场上转转，淘点古物回来，灯下，细细地看，细细观赏，一个人自得其乐。用他的话说，物能养志嘛。

但他很少淘到过真东西，大多是赝品。

当然，也有例外，这例外，就是一方古砚。砚台乌黑，非石制物，

可又很重；非木制物，敲击起来，做晶莹脆亮声；更非金铁：总之，是稀罕物。

砚台正面，一凹一槽，凹以盛墨，槽以搁笔。四周，无什么花纹图案装饰，显得古拙，朴实。砚底有两行小字，曰："涩不溜墨，滑不润笔。"

他拿到手，三指一伸，三两纹银。

卖家摇头，一副不屑样。他再加五两，卖家仍摇头。他笑笑，举步欲行，被对方一把拉住，道，成交。

这砚台，也就属于了他。

回到家，将砚台放在案头，磨墨，润笔，笔笔下去，字迹圆润饱满，一点也不输于赵孟頫的。他很满意，点点头。以后，这方砚台，就成了他案上常用物。

那日，朋友来访，看到砚台，手指敲敲，其鸣清润，再翻过来，细看，大惊，道："老兄，此砚为苏学士所用物。"

他摇头，不信。

朋友拿一盂清水，清洗底部，两行小字旁边，有一行更小的字，细如纹痕，被污垢遮掩，写着"眉山大苏手制"。一时，两人目瞪口呆。

苏学士所用物，且为手制，市场上，万金难求。

"快收起来，做传家宝吧。"朋友说。

他仍笑笑，不言。

他家有苏学士手制砚，这消息不久传出去，沸沸扬扬。一日，县太爷大轿上门，一盏茶后，县太爷捋须微笑，道："听说老先生有方名砚，当今圣上酷爱书法，若能献上，后福无穷。"

他摇着头，缓缓道："一块俗物，不敢污了圣上龙目，会吃罪不起。"

县太爷仍四平八稳，道："既然老先生生怕俗物引来罪责，本县代老先生献上，如有罪责，本县一律承担，如何？"

他笑笑，坚决摇头。

县太爷呵呵一笑，举手告别。当夜，县里一座古墓被盗，吵得沸沸

扬扬。第二天，一群差役撞开大门，一拥而入，一绳子绑了他，稍带着搜腾一番，找到几件古物，但是就是不见那方砚台。

他被连拉带扯，扯到县衙。

县太爷一拍惊堂木，喊一声带上盗墓贼，他被踉踉推上。同时，赃物也被摆上。"你表面斯文，竟暗地干着下三烂的盗墓贼生涯，看不出来啊。"县太爷道，呵呵冷笑。

"欲加之罪，何患无辞？"他冷冷瞥县太爷一眼。

"交出砚台，免你一罪。"县太爷的眼中，放出绿光，狼一样。他笑笑，摇摇头，摇得非常坚决。于是，木杖齐下，血肉淋漓。打罢，他仍摇头。

县太爷无奈，让将他押入监中，待他家人用砚台来换人。

他冷笑，早已交代了家人，头可断，砚台不可交。

他在狱中一关三年，其间，县太爷由于贿赂公行，终于被罢官。他，也终于走出监狱。刚进家门，儿子就战战兢兢来到跟前请罪。

原来，收藏的砚台，被儿子不小心打了。

"一块赝品，值得什么大惊小怪。"他淡淡道。

"赝品？"大家惊问。

"苏学士从不自称大苏，'大苏'乃后人所称。所以知道是赝品。"他侃侃而谈。

"那你为什么拒绝交出？"儿子疑惑道。

"我拒绝交出的不是砚台，是一个读书人的尊严。"他说，声音如铁，叮当作响。"爱砚台，就要学砚台外方内圆的品性。"他望着儿子，一字一顿。

儿子无言，一厅人无言。

心中的鸡鸣

中医李伯阳

丰阳李伯阳，"济世堂"堂主，丰阳名医。

李伯阳年过六旬，枯瘦如竹，一撮山羊胡须，不时用木梳梳着，梳得纹丝不乱，迎风飘摆，一派仙风道骨。大概是名医吧，看病也与众不同，一般不看舌苔，不看脸色，只是抬抬手，示意病人坐在对面，再示意病人把手伸出，放在枕袋上。

老人一提长袖下摆，坐下，伸出右手，竹枝般的指甲，食中二指掐脉，另三指高高跷起，如兰花状。

若是疑难病症，则一边诊脉，一边左手掏出一个小木梳，梳理着胡须，越来越慢，突然放下，捏几根银针，在病人身上扎起来，蜻蜓点水一般，十分快捷。

一通银针扎好，老人一身大汗，头上热气腾腾，蒸笼一般。

一顿饭工夫，银针取掉，李医生一挥手，道，无碍了，回吧。

病人站起，一身轻松，道谢而去。

因此，丰阳人称李伯阳老人为老神仙。

在日本人进驻丰阳那年，丰阳发生了流行病，麻疹。

一时，"济世堂"前，人山人海，都是患者。老人让学徒们支起大锅，挖来草药，热气蒸腾，煮成药汤，一人一碗，进行救治，

当然，如果病情太重了，不是药汤所能救治的，就得老医生亲自出手了，一盒银针，扎过，再灌一碗药汤，不几天，病人就恢复健康。

那年，丰阳没有因为流行病死去一人。

一日，李伯阳正在给一个孩子治病，忽有几个日本兵上门。原来，是日本大佐章藤二郎的儿子也患了麻疹。

日兵刀上出鞘，弹上膛，让老先生去治病。

老人头也不抬，说，抬这来，这里的一些病人离不开我。

日军不听，强拉死拽，架着老人上车，一溜烟去了丰阳城。老人被带进大佐家里，端坐木椅上，不言不动。

章藤二郎急了，"哇呀"一声叫，抽出战刀，架在老人脖上。老人一笑，道，干吗那么凶？还是那句话，送到我家，才治。

话音未完，突听一路哭叫，一个身着和服的女人走进来，怀抱一个小儿，跪倒在老人面前，泪水直流，用中国话求道，请老神仙救救孩子。

章藤一时，也失了锐气。

老人走近一看，只见那孩子紧闭双目，脸色蜡黄，如一瓣即将凋谢的花朵儿。

老人一声长叹，道，大人作孽，孩子无辜，老朽不怕死。但救死扶伤是医生本职，更何况这样花骨朵一般的小儿。

说完，让找一把绣花针，将孩子放在竹木榻上，一通绣花针扎完，老人浑身是汗，坐在椅上。

不到一顿饭工夫，竹榻上，孩子"哇"的一声哭了出来。

章藤夫人喜极而泣，跪下致谢。

老人一摆手，道，别致谢，此生此时，只怕不明真相的人要骂我汉奸了。说完，一摔袖，走了，

回家不几天，又有车开到"济世堂"前，停下，车上抬下一个人，章藤二郎，也是麻疹。几天不见，已入膏肓。

章藤大人带着个小儿，跟着下车，跪在老神仙面前，泪眼汪汪。

老神仙到担架前看看，闭目不言，让人拿来银针，燃支香，一通银针过后，又是一声长叹，章藤睁开了眼，所有的日本兵都竖起拇指，大叫"神，神"。

老人一挥手，说抬走吧，别在放这里了。日本兵抬着章藤，上了汽车，一溜烟匆匆而去。

看着日军走远，老人吩咐家里人，收拾行李，准备走吧，这儿住不成了。

人问原因，老人回答，我用银针扎了他的死穴，章藤那厮是活不过今夜的。

第二日，有日本兵蜂拥而来，围了"济世堂"，冲进去，不见一人，一生气，一把火烧了"济世堂"。

不久，抗日军队里，出现了一个老中医，一把木梳，把胡须梳得根根迎风。人说，这就是老神仙。

毒　　珠

观音岩是一座岩，岩腰上有一座庙，叫观音庙，乃凿洞而成。洞外，再顺着岩势筑墙，高低曲折，造成佛堂。

庙很小，只有一个和尚，叫智能。

智能和尚每天没事时，就守着观音洞，敲着木鱼，诵着佛经，很少走出岩洞，除了化斋，还有上厕所外。

有人说，观音洞里有宝呢。

原来，一年前，人们修佛堂时，在观音岩的石洼间刨啊刨的，后来一锹刨下去，只听"当"一声响，是一块石板。大家互相望望，又搬起石板，果然，下面藏着一个小小的铁盒子，三寸见方，已被铁丝捆死。大家拿了盒子，准备撬开，这时智能和尚赶到，见了，变了脸色，连声道："阿弥陀佛，罪过罪过。"拿了铁盒，转身走了。

"是宝贝，"有人猜测，"一定是那颗珠子。"

"是的，一定是智上人拾的那颗珠子。"另外有人马上猜测。

大家所说的珠子，是指智能和尚的师父智上人当年拾得的一个宝物。

据上辈人亲眼所见，智上人一日行医归来，路过一道溪水边时，突见水中有颗珠子，黑黑的，圆圆的，忙捞起来，拿回庙里。不久，大师圆寂，珠子，也就落在了智能手中。

为了这个传闻，观音岩旁一个叫王名的缠着智能和尚，问是什么珠子，能看一下吗？

智能和尚双手合十，连连宣着佛号道："阿弥陀佛，小寺哪来的宝？"

"和尚可不能打诳语啊。"王名激他。智能不说话，只是摇头，数着念珠，进了观音洞，端坐洞中，敲着木鱼，"梆，梆"地响。木鱼声在青山绿水间回荡，很有韵律。

王名只有摇摇头，离开了。

那是一个月黑风高的晚上，一伙蒙面人一拥而入，进了观音庙，从观音洞中一把抓起智能。智能念声"阿弥陀佛"，问道："施主们夜撞小庙，究竟为了什么事？"

带头那人哑着嗓子恶狠狠地说："小秃驴，快把你师父留下的宝贝拿出来，不然，有你好看的。"说完，明晃晃的刀子在火把下晃动了一下，直刺人的眼睛。

智能忙解释："小庙一穷二破，哪来的宝贝啊。"说完，仍轻轻地敲着木鱼。一个蒙面人见了，一把抓过木鱼，一下子扔在地上，摔得粉碎，火光之下，木鱼里赫然滚出一方小小的铁盒子。

"珍珠！"大家惊叫道。

"别，有毒。"智能叫着，扑了上去，迅即，腿上着了一刀，一个踉跄，倒在地上，又挣扎着坐起来，道，"有毒。"

所有盗贼呵呵大笑，道："和尚，有毒，你为什么收藏着呢？"

智能告诉他们，这是一颗有毒的珠子，里面含有一种叫汞的东西，

还有别的剧毒成分，师父那天见了后，把它拾起来，用盒子装着，埋了起来，怕的是被别人拿到手，放在家里，日久中毒而死。

"师父说了，世人爱珠子，不管有毒无毒，这样的话，这颗珠子流传世间，流毒无穷，所以，让我看住它，别让它流传出去。"然而，最近，大家为了这颗珠子，到处寻找，弄得智能拿在手里，扔不能扔，藏又无处藏，只有藏在木鱼中。

大家听了，又一阵呵呵大笑，打开盒子，拿起宝珠就准备走。

智能急了，忍痛跳起来，一把抢过珍珠，一口吞进肚子，道："阿弥陀佛，这珍珠真的有毒。"然后缓缓转身，含笑端坐，不言不语。

"快，剖开他的肚子。"有人喊。

大家扑过去，才发现，智能已圆寂了。他的脸上，渐渐布满了一层青黑之气，显见是中毒而死的。

一时，观音岩上静悄悄的，没了一点声音。突然，领头那人扯了蒙面纱巾，跪下大哭。那人，正是王名。所有强盗见了，都跪下，摘下面纱，他们是这一带的地痞。

不久，观音岩上立了一座塔，里面埋着智能和尚。塔名洗心塔，守塔的和尚，是王名，佛家名叫心空。

观音岩左近地面，以后，再也没有发生抢劫事件了。

邮 政 老 王

我刚毕业，分到漫川邮政所，就认识了老王。他四十左右，胡子拉碴。所长介绍："这是老王，以后，他带你。"他们这个所，有个规定：才来的职员，要选老职员做老师，叫拜师学艺。

我很不爽，因为，这样一个土里吧唧的人，怎配做我的老师呢？

老王却搓着巴掌，呵呵地笑，一点儿也看不出我的不满。

跟着老王，每天，我们骑着自行车到处送信。他的车很烂，哼哼地响，引来一路的眼光，让人很不好意思。可是，他却仿佛没感觉到，一路走，一路指着，这是王跛子家；那儿是张桂花家，她的信特别多，因为，她男人在外打工。甚至，哪一条路上有泥塘，或者有一条凶恶的狗，他都能一一道来。难怪所长说，这个老王，是本辖区一张活地图，有不清楚的地方，问问他。

这家伙的负责，也让人难以接受。

一次，是晚上了，我还有一封信没送出去，因为，信封上的字迹非常潦草，根本就看不清。我呢呢喃喃地叨咕着，一顺手把信扔在桌上。

他刚回来，看到了，问："谁的啊？"

我说看不清地址，鬼知道啊。

他拿起信一瞟，很肯定地说，是洪垣村张老汉的儿子石根的。我很惊讶，他几乎都没细瞅一眼啊。看我疑惑的样子，他笑了，很自负地道："几十年了，谁的字一眼还能看不出来？"说完，拿起信，就往外走。

我道："还送啊？"

"石根在矿上，最近受了点伤，张老汉很急，收到儿子的平安信，他不就心安了吗？"说完，骑上自行车，叮叮当当，消失在夜幕中。

望着他消失的身影，我感到有一种无言的愧疚，袭上心来。

年终，所里评优秀，众望所归，都让老王当。老王笑了笑，推脱了，说："给小于吧，小伙子大学毕业，从城里到我们乡下，不容易啊。"

我听了，红了脸，出了一头汗，说什么也不好意思要。真的，和所里人比，和老王比，我总感觉到，自己还没扔掉城里人的脾气。

慢慢地，我和老王成了无话不谈的朋友，有时想想，一出来，就碰着这样的人，是自己的福气。可是，谁想到，半年后，老王却离开了我。

那是一场大雨之中，镇长有一个紧急电话，要给一个叫两岔村的。可是，电话打死也打不通。镇长急了，脑门子直流汗：镇上干部都派完出去了，让别的单位人去，没几个知道地方。镇长就想到了老王，写了一封信，来到镇政府旁边的邮局，交给他道："老王，情况紧急，关系人命。可我守着电话，又离不开，请你走一趟，怎么样？"

老王笑笑，接过信，披了雨衣，推上他那辆破自行车，就出去了。我忙拉住他，说雨停了再去。他说不敢，人命关天。

我说我去吧。

他摇摇头，两岔村偏僻，路难走，还是他自己去。

我想想，也确实的，我还不知路朝哪儿走呢。

他骑着车，呵呵一笑，一路叮当地走了，消失在雨幕中。只有哗哗雨声，渐渐遮没了一切。

去了后，当天他没回来，晚上仍没回来。

我们急了，第二天天刚亮，全所出动，去寻找他，最终，在靠近两岔村的一条路上，发现了一处泥石流。他的车子，倒在路边。

我们心一冷，忙跑过去，在泥石流中发现了他，不，应当说是他的一只手，在泥里伸向外面，手里捏着一封信，而他整个人都被掩埋了。

那信，是村长回的，大意是，他接到通知，已把全村人都转移到安全地方了。

看样子，他是送信回来的路上遇到泥石流的。

泥石流并不多，但却严严实实地掩埋了他。被扒出来时，他早已停了呼吸。我们一个个汉子都在雨里号啕大哭起来。

事后，我把他的自行车推回所里，在上面挂了一个牌子，写道：老王的自行车。每次回来，看到那辆自行车，就仿佛看到了老王。

村 长 长 根

长根这家伙不像村长，像狗。塔元村人想。当然，这话没有说出口，只是在心中狠狠地想。

狗当然有狗性，表现在长根身上，是最明显不过了。

首先，长根像狗一样欺凌弱小。狗东西，谁不好欺负，偏选中了村后的王老五。王老五还不够可怜吗？一个老汉，还有一个瘫子儿子，两人住在一起。两间房子，烟熏火燎，摇摇欲倒。这样的人家还不够可怜吗？他偏选中这家下手。

换句话说，不是这样的人家，他敢下手吗？

他干什么？愣让人家搬家，王老五当然不，吸着烟袋锅子，一口口地喷烟，许久问："凭什么？"

"这儿危险。"长根说，皱起了眉，做出苦口婆心的样子道，"好王叔哎，要下暴雨了啊。"

"这青天白日的，说梦话吧？"王老五说，仍吸着烟，白了长根一眼。

"乡长来电话说的。"长根祭起了尚方宝剑，拿乡长吓唬人。可王老五不买账，说："也只有你，乡长放个屁，你都当雷。"言外之意，你是乡长的狗啊，乡长说啥就是啥。

长根脸红了，擦了一把头上的汗，道："今天，走，你也得走，不走你也得走。"说完，就搬起一张饭桌向外面走，王老五一把抓住桌腿，红了眼，问："你咋的？"

"搬家。"长根说。

"放下！"王老五牛劲上来，抓住桌腿一推，没推到长根，自己却一退，一屁墩儿坐在地上，急了，忙一把抱住长根，喊，"你村长还打人啊。"

　　长根还没说话，腿上就挨了两棍，忙一声叫跳出门外。原来，王老五的瘫子儿子听了，爬出来，拿着拐棍就向长根抽去。

　　长根挨了打，引来很多村民，大家都看戏一样。当然，也有几个人指责长根，村长嘛，就有个村长的样子，你两家过去有过节，也不能公报私仇啊。说得长根满脸是汗，无言以对，掏出手机，就给乡长打小报告。

　　"狗！"有人骂。人们有点怕乡长，也慢慢散了。

　　不一会儿，一辆车奔来，停下。车门一开，乡长下来，进了王老五家，展开三寸不烂之舌，谈了安全的重要性，又谈了他住房的不安全性：房子破旧；在山坡最上头，后面又陡，滚坡水一来，一家就完了。

　　王老五梗着脖子："我一家住了几十年，几时出过事？"

　　乡长嘴干了，急眼了，让长根叫几个人来给搬家。人来了，王老五红了脸，拿着一把菜刀守着门，扬言，自己活着，谁也休想进来；死了，就埋在这儿。

　　说到底，王老五不是对抗乡长，是让长根下不来台。两家有过节，他对长根当村长感到气不顺，这样做，就是照着村长脸上打耳光呢。

　　村长长根脸气得乌青。

　　王老五看了，心里感到很舒畅。

　　无奈，乡长一挥手道："这是个老牛筋，别和他硬碰，但要时刻预防啊，别出事。"乡长嘱咐完，又有电话来，就忙上车走了。

　　那晚上，半夜，一声惊雷把黑夜撕开一道口子，接着，"哗哗啦啦"的雨倒了下来，正像天气预报的一样，这是百年不遇的一场暴雨。

　　王老五醒来，听到"呼呼隆隆"的响声时，水已进了屋。老汉急了，忙去喊瘫子儿子，可瘫子儿子却干着急找不着拐杖，拐杖让水给漂走了。

　　两人正急成一团时，一个黑影冲进来，正是长根，打着电筒，喊一声快走，背起王老五，就向门外跑。

　　"田旺，我的田旺。"王老五喊着自己儿子名字。

　　"你先走，别耽搁。"长根背起老头子，任他在背上踢叫着，吼

着，一直背到安全处。王老五爬起来，又一声号叫，向自己的屋子扑去。长根一把抓住他的胳膊，吼道："别叫了，我去找。"说完，一头撞入雨帘子中，进了王老五的屋子，刚刚背出田旺，身后，一道闪电中，只见那两间房子"轰"一声倒了下去。

在雷声轰隆中，人们都呆住了。

只有王老五，一把拉住田旺，父子俩扑通一声跪在雨中，泪水，和着雨水长流。

小梦的心计

一大早，她准备带着粒儿上班，就听到敲门声。打开，外面站着个女孩，怯怯地，如风中一朵雏菊。她皱了下眉道，有门铃呢。女孩脸红了，捏着衣角，点点头，表示知道了。

这时，粒儿也跟出来了。

看到粒儿，女孩笑了，从背包里掏啊掏的，掏出个拨浪鼓，轻轻一晃，"咚"一响。泉水一样，清灵灵的。两岁的粒儿笑了，张开小手道："姐姐，我要。"

女孩弯腰，把拨浪鼓送给粒儿。房内，顿时响起一串泉水声，叮咚叮咚；还有粒儿"咯咯"的笑声。清冷的房内，顿时一片春意。

她也笑了，然后回头，问女孩有什么事。

女孩嗫嚅了一会儿，告诉她，听说她想找个保姆，自己就来了。"姨，你看我行不？"女孩问，眼睫毛一眨一眨的，围着两只亮亮的眼睛，很洁净。

她点点头，女孩高兴地笑了，跑进去，拉着粒儿玩起来。两人叽叽

咯咯的，如草地盛开的两朵花儿。

她笑笑，迅即，心一沉：这女孩有心计，为当保姆，提前买个拨浪鼓，专门来讨好粒儿的。

有心计可不好，自己就吃了那样人的亏。粒儿的爸，心计深着呢，利用自己的钱，出国留学，站住脚，一转身，把自己踢了，女儿也不要了。

她有点后悔刚才的决定，可又不好现在改口。想想，还是眼睛放尖点吧，到时，抓住一点儿女孩的错，打发了她。

就这样，女孩留了下来。女孩叫小梦，农村来的，今年十六岁。

小梦的任务，就是照看粒儿。

那天，她没带粒儿上班。下班后，很不放心，急匆匆赶回来。打开门，房内干净的，连花盆的花儿，也仿佛舒展了许多。粒儿高兴得姐姐长姐姐短地叫着，跟着粒儿，寸步不离。

她松口气，挽起袖子，准备做饭。灶房里，饭已做好。

第一次，下班后，她吃到了热乎乎的饭菜。饭后的悠闲，真好！她坐在沙发上，伸个长长的懒腰，夸道："小梦，我竟享你的福了。"

小梦笑着不说话，眼睫毛上挑着丝丝阳光。

慢慢地，她没了提防心，甚至，把工资卡也交给小梦，让她购置一些家里的必需品。

发现卡里有问题，是一次买衣服时，插入卡一查，少了两千元钱。每次，小梦买完东西，都要报账。卡中的钱，大概数字她还是清楚的。她站在那儿，又核算了一遍，不错，是少了两千元。

回到家，她找来小梦，问道："小梦，最近还买什么东西了吗？"

小梦摇头，大大的眼睛望着她。

她告诉小梦，少了两千元，干了什么。小梦不说话，低着头，轻轻告诉她，让以后在自己工资里扣。

"扣？不用了。"她冷冷道，心里很恼怒，心想，如果自己不查卡，不就被骗了吗？她最恨的就是这种人，利用别人的信任算计人。当天，找了工钱，她让小梦走了。

小梦走后，有时，上班路上，她还会看见她。女孩没有回去，在拾破烂。

她想让她回来，可忍了忍，走了。

那天，刚上班，就听到外面喊，一个卖血的晕倒了。她跑出去，是小梦。抽血的护士在旁边连连说："哪家的孩子啊？经常来卖血，不给抽，她就求，不走。"

她红了眼圈，忙出去买点营养品，提回来时，小梦已走了。

她的心，一时空落落的。

几天后，下班回家，她收到张汇款单，两千元。还有一封信，打开，上面写：

姨，你好：

那两千块钱是我用了，我买东西时，恰好遇见个女孩，拿了商店东西，被抓住了。保安说，要么罚款两千，要么送公安局。这孩子才十几岁啊，这一送，就毁了，我——我就掏了两千元，想以后用工资补上。可第二天，你就知道了。当时，我不能告诉你，因为，我答应过那女孩，要替她保密。现在，钱还给你了，我也要回去了。

小梦

她读着读着，眼泪禁不住流了下来。

她想打电话给小梦，告诉她，自己和粒儿都想她，希望她回来。可是，小梦没手机。她，也从没问过小梦家住哪儿，更不知道她为什么出来打工的。

心中的鸡鸣

唧唧，唧——几声小鸡的鸣叫，清亮亮响起，在房内笛儿一样回旋，是手机铃声。他揉揉眼，掏出一看，是母亲的。

其时，他正在麻将桌上鏖战。

他说，娘，我忙呢。

他确实很忙，手上牌将和未和，千钧一发。说完，关了手机。可是，就在这眨眼间，邻家和了。他拿了张牌，说话分神，能和未和。

他摇头一笑，自言自语，我的老娘啊。

自从给母亲买了手机，经常的，母亲会晚上打来电话：白天，怕耽误他工作。一旦唠上，就没完没了。母亲说，健儿，要吃好，别亏了自己。

他说，娘，我知道。

母亲道，别老吸烟。

他有点烦道，娘，我不是小孩啦。

母亲在那端，嗔怪道，就是一百岁了，你也是我的儿啊。

他无言，匆忙关了手机，也关了那动听的小鸡鸣叫。

上次，他回了趟家。母亲出来了，带了群小鸡，叽叽喳喳的。母亲笑着说，这群小东西很可怜，刚孵出，母鸡就被黄鼠狼拖走了。母亲用棉衣捂着它们，喂它们芝麻。小家伙们恋母亲呢，母亲走到哪儿，它们跟到那儿，一个个毛茸茸的，淡黄粉白，洒一路清亮亮的叫声。

他感到很有趣，就录下了这些鸣叫，设做铃声。

因此，小鸡一叫，电话就来，定是母亲的。

一般情况下，母亲晚上只打一个电话，可是，今晚却明显的例外。

牌刚揭一半，小鸡又叫，他打开，仍是母亲。下手在催，快点快点。他对手机里道，娘，我很好，别担心。说完，关了手机。

当第三次手机响起，他一盘打完，有点工夫，接了电话。

母亲说，健儿，还没睡啊？

他说快了，正准备呢。

母亲说，儿啊，你要学会照顾自己啊。

他说，娘，我老大不小啦。

母亲停了会儿，叹口气，娘——娘不放心你啊，儿。

牌又开始了，母亲还想说什么。他说，娘，就这些，早些睡啊。然后关了手机，静了音，也静了小鸡的叫声，一头扎入麻将桌上，进入激烈的争战中，忙得昏头磕脑。

第二天一早，走出麻将室，他昏昏沉沉掏出手机一看，有两个未接电话，一个是母亲的。他想回拨，可又忍住了，怕母亲唠叨起来，没完没了。

另一个是堂弟的，他回拨了。

电话里，他问什么事。堂弟哭了，说快回来啊，大妈走了。

堂弟所说的大妈，他知道，是自己的母亲。他愣了一下，麻木的头脑一时没反应过来，不知堂弟说的什么，问，咋的，哪儿去了？

大妈老了。堂弟道。

老了，是家乡对老人死去的一种委婉的说法。

他听明白了，眼前顿时一片白光闪烁，他忙拦了辆车，向老家赶去。青山绿水仍在，瓦屋炊烟仍在；村头，却没有了那位白发苍苍的老人。院子里，几只小鸡恓惶地叫着，叽叽喳喳一片。

现在，母亲不喂它们了。

母亲躺在床上，永远闭上了眼，是心脏病发作导致的。她的手上，还拿着手机，放在耳边，神态永远定格在给他打电话的那一刻。

那是她人生最后一刻。

堂弟红着眼圈说，手机被大妈捏得很紧，拿不下来，等他回来决定。

他的泪，这一刻汹涌而出，对堂弟说，让娘带着吧，她不放心我。

母亲走后，他再也不上麻将桌了。那群小鸡，被他带进城去。每次，听到小鸡鸣叫，不管是真的，还是手机铃声，他都泪流满面。

这时，他的心中，就有一只小鸡在叫，一声一声，叫得清亮。

爸爸的礼物

爸爸怕读书，一读书就打瞌睡，所以，成绩一直处于倒数第一。只有一次得个倒数第二，原因是一个学生肚子不好，一个劲往厕所跑，最终夺得了他的位置。

十八岁，爸爸的一些同学都上了大学，也有的在高三，爸爸仍在高一。

爸爸厌烦了，扔下书本跑回家。爷爷苦口婆心地劝说，奶奶甚至都落泪了，可爸爸铁了心，只有两个字："不读！"

没办法，爷爷望望奶奶，奶奶望望爷爷。

不读书，总不能整天在家待着吧，爷爷求爹爹告奶奶，最后在小区的一个鞭炮厂给爸爸找了份工作，月工资一百块。

爸爸那个高兴啊，对爷爷和奶奶发誓，第一个月工资，孝敬二老。

奶奶笑笑道："好好干，再不要像读书一样。"爸爸"哎"了一声，飞也似的跑了，上班去了。

一个多月过去了，爸爸一天下班回来，喜滋滋地拿出一件衣服，送给奶奶，道："妈，我说过，第一个月工资要孝敬你的。"

奶奶那个高兴啊，合不拢嘴，一转头看见我爷爷在坐在那儿一个人落寞地喝着茶，忙眨着眼，低声问："给你爸买啥了吗？"

爸爸摇摇头。

奶奶急了，忙低声说："给你爸买点吧，多少是点心意嘛。"

爸爸笑笑，点点头。奶奶高兴了，大声说："噢，明天给你爸买个水杯啊，好啊。"

爷爷不说话，只是笑，只是品茶。

第二天一早，爸爸吃了饭走了，上班去了，而且信誓旦旦，昨天找了几条街，都没找见合适的水杯，今天一定找到买回来。爸爸前脚走，后脚爷爷让奶奶到那个厂子去看看。奶奶说，有啥看的啊。可是，拗不过爷爷，仍然去了，不一会儿跑了回来，气喘吁吁地告诉爷爷："那个厂——那个厂半个月前就倒闭了。"

爷爷一点儿也不惊奇，说："知道。"

"那他在哪儿上班啊？工资是哪儿来的啊？"奶奶问。一边说，一边急着找来爸爸昨天脱下的换洗衣服，在衣袋里搜寻着，找出一张字条，是一张卖血单据。

奶奶"哇"地哭了，泪水泉水一样"哗哗"地流。

爷爷也红了眼圈，埋怨："傻孩子，可我明明看见他在给别人打工啊。"

两人忙按单据上的地址，找到那所医院，寻到献血的窗口，爸爸正站在那儿，撸着胳膊。护士在劝，说："不能再抽了，昨天抽了，今天再这样，会出事的。"

"不要紧，少抽点，够买一个水杯的钱就行。"爸爸求着。可是，护士仍不答应。就在僵持不下时，一只胳膊伸了过来，挡在爸爸面前说："我代他卖血，钱给他。"

爸爸回过头，愣住了，是爷爷。身后，跟着奶奶，泪流满面。

爷爷坚持卖了血，笑笑，把卖血钱给了爸爸，道："去，给我买个杯子吧，孝心我领了。"

那一刻，爸爸泪流满面。原来，他所在的厂子，在他去后不到几天就关闭了。爸爸不好意思告诉爷爷和奶奶，就又悄悄找了个餐厅打工。一个月过去，他想到当时的诺言，可是，由于来这儿打工还不到一个

月，餐厅不发工资。没办法，爸爸咬咬牙，去医院卖了血。

回到家，当天晚上，爸爸进了自己的房子，悄悄整理起东西。爷爷奶奶去一看，是书。爸爸对爷爷奶奶说："我想去读书。"

爷爷点点头。奶奶也舒心地笑了。

其实，在一开始，爷爷就知道那个厂子要倒闭。爷爷让爸爸进那个厂，目的就是让爸爸感受一下生活的艰难，和创业的不易。从而，让爸爸回心转意。

爷爷的目标实现了，爸爸再去学校，成绩出奇的好，不久考上了大学。

铁　　腿

他背着一只木箱，慢腾腾地上了车。

已经到了腊月，新年的氛围，已逐渐从天空，从人们的脸上显露出来。车上人很多，一个个提着包，一脸的喜气。快要过年了，一个个出远门的人，腰包都装得鼓鼓的，都急着往家里赶。

他也找个座位坐下，他的旁边是一个小伙子，小伙子的手始终放在衣服里。

车子开动了，猛地晃了一下，他的身体也随着一晃，靠在了小伙子的身上，明显地被对方身上的硬物撞了一下。他的心里一激灵，脑门上出了汗。非常明显的，他感觉到那是一个条形的铁制东西，是——是匕首。冷不丁地，他的头脑中飞快地闪现出这样一个可怕的念头。浑身一激灵，他忙站起来，颤着声音喊道："司机，停车！"

突然，身边一只手伸过来，一个硬物顶在他的腿上。他低下头，小

伙子衣袖的袖口露出来一截东西，是一把雪亮的匕首。那个小伙子脸上带着微笑，轻轻地摆摆头，眼睛里却露出凶光，暗示他坐下来。

司机已经停了车，回过头不耐烦地问，什么事啊？

他愣怔了一会儿，慢慢地摇摇头道，没什么事。然后按照歹徒的暗示，乖乖地坐了下来。

车里的乘客们响起了一片埋怨声，连司机也悻悻地扔下一句："神经！"然后一踩油门，车子"呜"的一声走了。

他没有心思理会四周的埋怨声，也不敢朝旁边看，暗暗安慰自己，只要自己不动，不多管闲事，歹徒就不会伤害自己的。那家伙之所以不让自己下车，是怕引起车上人怀疑。再说，自己箱里除了一些补鞋工具，实在也没有什么可抢的。

歹徒收回袖中的匕首，还向他友好地笑了一下。他僵硬的脸上，也努力地挤出一点微笑来，心里稍微安定了一些，慢慢地闭上了眼睛。

车子在快速行走着，已经过了半小时，车上人都渐渐乏了，有的甚至打起了鼾声。他的头也一点一点地，假装睡着了。

突然，一声大喊，打破了车里的宁静："把包拿出来！"他虽有精神准备，仍吓了一跳。车里的人也都一惊，抬起头来，鼾声没有了。

"都把包拿出来！"歹徒站起来，挥舞着匕首，重复着刚才的那句话。他感到耳根一阵发麻，忙向椅角靠靠，悄声嘟囔道："我没有钱包。"

歹徒向他望了望，没理会他，径直走到前面去，狠狠踢了司机一脚，吼道："别停车，给老子继续开，捣鬼的话，老子放你的血。"

司机急忙点头，脸色寡白。

歹徒从前面往后面走，抓起每一个乘客的包，搜走钱物，当然，还有戒指、项链和耳环。有的女人怕被拉破了耳朵，忙忙的提前摘下耳环，送了上去。

歹徒到了一个胖子面前，胖子笑嘻嘻地送上皮包，连连鞠躬道："辛苦，辛苦！"歹徒拉开包，手往里面一伸，随即抽出来，一个耳光打在胖子脸上，问："钱呢？不拿出来，放你的血。"胖子吓得浑身一

哆嗦，忙忙地脱下裤子，在内裤的口袋里掏出一叠钱，恭敬地递上。

歹徒哼了一声，骂了一句"狗日的"，继续向前搜去。

就在歹徒刚迈步准备走时，突然"咚"的一声响，所有乘客都一惊，睁大眼睛望去，只见歹徒倒在地上，来了一个狗啃泥。每一个乘客都缩紧了脖子，很怕歹徒恼羞成怒，找自己的麻烦，或者放自己的血。

歹徒一边骂骂咧咧的，一边爬起来问："哪个'狗日的'把老子绊倒了？哪个？是好汉的给老子站出来。"车上所有的人都忙着摇头，可怜巴巴地表白："没有，我没有。"

歹徒用眼睛扫描着，眼光突然盯在他还没来得及收回的腿上，呵呵地笑了，道："好啊，糟老头子，没想到你竟敢给老子下黑手啊。"说着，一把将他提了起来。

他趔趄了一下，努力地站稳身子。

"老东西，哪一只腿绊的老子，今天老子卸了它。"歹徒眼睛里射出兴奋的光，站在那儿挥舞着匕首，仿佛发现了一个有趣的猎物似的，咧着的嘴角甚至泛出笑来。

他没有说话，只是向后退了一步。

"说啊，哪一只？"歹徒暴跳着，给了他一耳光，一缕血顺着嘴角流下，他身体晃了晃，仍旧不说话，望着歹徒。

歹徒又笑了，"嘎嘎嘎"的，如一只公鸭子叫。他觉得自己气糊涂了，这个老东西坐在里排，不是用右腿还会用什么？

"娘的，我让你再充好汉。"歹徒吼道，匕首在空中划过一道亮光，狠狠一下子扎在他的右腿上。四周的人们惊叫了一声，有胆小的甚至捂住了眼，不敢再看下去。

他一动不动地站在那儿，没有躲闪，也没有呻吟，甚至眉毛也没皱一下。歹徒却感到手指发麻，匕首弹了回来，锋利的刀尖卷刃了。

"呵，没有看出来啊！糟老头子，我让你厉害。"歹徒红了眼，发一声狠，又是狠狠一匕首插在他的右腿上，匕首仍然被弹回来。

他身子晃动了一下，可是迅即站稳了，腿上不但没流血，甚至连一点血痕也没有。

"你——，你是会家子，我——"歹徒目瞪口呆，看着自己手中匕首，这次刃卷得格外厉害，他拿着匕首的手颤抖起来，嘴唇也跟着颤抖起来，猛地回过头，扯着嗓子喊，"司机，停车，我——我要下车。"说完，转身就向车门走去。

"回来！"他一声大吼，炸雷一般在车厢里回荡，嗡嗡地响。

歹徒颤抖了一下，"当啷"一声，匕首落在地上，回过身子望着他，满眼都是惊惧。

"你刺了我两刀，我就还你两腿吧。"他仍然慢条斯理地说，然后慢慢伸出右腿，突然闪电一般横扫过去，歹徒来不及躲避，"咚"的一声倒在地上，抱着被踢的腿哭爹叫娘起来。

"起来，拿出刚才抢劫的威风。"他指着歹徒，大声吼道。

"起不来了，饶命啊，我——我腿断了。"歹徒鼻涕一把眼泪一把，和个老娘们一般。

车厢里，乘客们一听，一个个来了精神，都义愤填膺地冲上前去，围着歹徒脚踢拳打，打得歹徒嗷嗷直叫，在地下打滚。连司机也停了车，冲上前去，咒爹骂娘地给了歹徒一顿拳脚。

"差不多了。"他在身后轻言细语地劝道。

"你别管，打死这个'狗日的'。"那个胖子说，不解气地扇着歹徒的耳光，仿佛想挽回自己的损失似的。歹徒嘴角流出血来，不停地哼哼着，求着饶。

他忙走过去，挡在歹徒的前面，身上狠狠地挨了几下，气得回头一瞪眼，望着那些乘客道："你们再打，我就不管了。"大家一听，立马停住了手，乖乖地坐了下来。

歹徒睡在地下，浑身是伤，不想别的，只想看看他的腿，练了什么功夫。

他笑笑，拉起裤腿，原来是一只铁制的假腿。

歹徒摇头叹息："我抢劫了几年，一双双好腿在我面前战战兢兢，却最终被一只残腿制伏。"一句话，让一车人都红着脸低下了头。

只有他坐在那儿，陷入了沉思。

几年前的一天，也是在车上，他一个人勇斗歹徒，最后一只右腿被歹徒刺断经脉，成了残疾。当时的车上也是一车人，也跟今天一样，没有一个乘客出手相助。

其实，打击歹徒，不在于有一只铁腿，而在于有一颗无畏的心。他想。

职　　责

叮咚，叮咚——驼铃如水，在沙漠响起。一只驼，在沙漠里缓慢地走着，背上驮着被毯，还有水囊和食品。它的后面，跟着一个人——探险家。

明显的，驼已负伤。

那是不久前的一个晚上，他们遭受到一只狼的偷袭。当时，探险家已睡熟，打着鼾声。一只狼借着云的影子，悄悄逼近，龇着牙，在月影下发出白森森的光。

驼醒了，喷了一下鼻子，仰起脖子，叮当一声，驼铃响了。可是，探险家仍在打着鼾声，沉入梦乡。

狼，在一步步逼近。

驼站了起来，一蹄子，把狼弹出一溜跟斗。同时，自己的腹部也被狼咬了个大口子，长长的，血肉模糊。听到动静，探险家醒了，和驼一块儿赶走了狼。

然后，一人一驼依然走在沙漠上，但速度明显慢了。因为，驼走起来步子很迟缓，一下一下地。也因为这样，到现在，他们仍没走出沙漠。

他们已经陷入绝境：食物还有，可是，水已经不多啦。每喝一次，探险家心中，就会弥漫起一种绝望，一种恐惧。

水囊里的水只有一小半了，他矛盾了，他知道，就这点水，无论如何供不了一人一驼走出沙漠。

他静静地拍拍驼，驼停住啦，望着他。他轻轻解下驼背上的被毯，还有食物，然后提着水囊，又拍拍驼，让它卧下。驼很听话，乖乖地卧下。他叹口气走了，走向山丘那边。

走了一会儿，听到声音，他转过身，驼已经慢慢跟上来了。

他摇摇头，又长叹一声。这只驼，没忘驼的职责，它跟人一直都跟得很紧。这是驼的主人告诉他的，现在看来，是真的。

他想摔脱它，很难。

无精打采地，他和驼一块儿走着。茫茫大漠，风刮起，有驼铃声响起，当嘟，当嘟——

夕阳慢慢落下，落在地平线上，大如一盆，血红血红。他和驼，在天地之间小如两只蚂蚁，慢慢蠕动。

月亮，在天的另一边升起，光亮亮的，如水洗过一样。他们终于停下，倒在沙上睡了。驼仍没忘记自己职责，紧紧靠在他身边。沙漠夜冷，它在为他取暖呢。

驼慢慢睡着了，闭上了眼睛。

他也睡着了，轻轻打起鼾声。

沙漠静静的，只有月光如水，映照着无边的沙砾。

他打着鼾，过了一会儿，悄悄坐起来，看到驼仍睡着，就背着食物，还有水，趴在地上，一寸一寸向前移动，如一只蜥蜴一样，移向那边。终于，他移过一个沙丘，嘘了口气，站起来，向远处地平线走去。走了好远，回过头，白亮亮的月光下，沙漠如无垠的海浪。海浪上，再也不见了那只驼。

他心里感到一阵轻松，同时，又有说不出的沉重。

靠着水囊的水，还有食物，一步步，他走出了这片从无人穿越的死亡沙漠，回到城市。顿时，他成了传奇，成了英雄，受到功臣般的待

遇。每到一处，都有鲜花、美酒和掌声，还有女孩清凌凌的目光。

他成了征服这块沙漠的第一人。

那天，他应邀出席一个集会，受到如潮般的掌声。市长代表民众给他颁奖，因为，他也是这个市的市民，更是这个市的光荣，也是这个市市民的光荣。

拿着奖杯，还有花环，他坐着车回到家。当走下车时，他惊呆了，一只驼蹲在他的门外。风吹过，脖上驼铃响起：叮当，叮当——

这只驼，真是他扔在沙漠上的驼。

它又回来了，在孤独和干涸中回来了。它的背上，驮着他的一些东西。一直，这个有灵性的生命，都没忘记自己的职责。

他跑过去，泪流满面，抱住那只驼。那只驼一动不动，已停止了呼吸。它的致命伤，仍在腹部，狼咬中的地方。那个伤口，已烂成碗大一个洞。

它就是带着这个洞，在生命最后一刻，挣扎着赶到这儿，来完成了自己一生最后一个任务的。

小城二胡张

燕 子 飞 飞

　　燕儿是个女孩，小小的就喜欢燕子。每次，望着天空飞舞的燕子，燕儿就会乍开双臂，燕子一样，满院飞着，张开花骨朵般的小嘴，叫着："飞啊飞啊！"叫出一院子的喜悦。

　　所以，她妈就叫她燕儿。

　　三岁时，燕儿进了幼儿园，整天，眼睛一眨不眨地望着窗外的天空。几只燕子，唧一声飞过窗外，又唧一声停在电线上，很快活地叫着。

　　燕儿就咯咯咯地笑了，但马上又捂住了嘴。

　　燕儿知道，在幼儿园要遵守纪律：燕儿是个听话的小孩。但是，老师的眼光仍很严厉，说："柳燕，要好好听课。"燕儿忙点头，跟着老师学字母，一声声尖嫩的声音，脆的像小燕子的叫声。

　　燕儿一直很乖巧，成绩也一直很好，就是爱看天空的燕子，每一个老师都这样评价燕儿。燕儿的妈妈晚上把燕儿叫到面前，问，燕儿，学生是干啥的？

　　读书的。燕儿顺着妈妈的话说。

　　妈妈很满意，笑了，点点头，赞道，真聪明！读书为了啥？

　　考大学。燕儿直直站在妈妈面前，如学生站在老师面前一样，乖顺地回答。

　　要考大学，可不能整天看燕子哦。妈妈望着燕儿，燕儿点点头。妈

妈很高兴，拍了一下燕儿小小的脑袋，让去做作业。

在幼儿园，在小学，再到初中，燕儿一直名列前茅，是老师最喜爱的学生，是父母最喜爱的孩子。

十几年中，燕儿一直钻在书本中，当书虫。再抬起头时，又是春天，满天的燕子，还是儿时的燕子，还是漫空飞舞的燕子，黑色的羽毛，脆亮的叫声。然而，燕儿，已不是儿时那个目光清亮地喊着"飞啊飞"的儿童，燕儿已戴上了厚厚的黑边眼镜，头上，已有了几根白发。

燕儿不笑，只是偶尔瞥见天空的燕子，才微微一笑，但也仅仅是一瞥而已。

千军万马过独木桥，燕儿一路踉跄，冲入省重点高中，而且有惊无险，名列第一。

开学典礼上，学校让燕儿发言，而且，奖给燕儿一千元钱。

分班时，校长特意大笔一挥，让燕儿进入最好的班，并且找来班主任，当着燕儿面道："这是北大的苗子，三年后，你要交给我一个北大学生。"

班主任神情严肃地答应了。顿时，燕儿感到肩上沉沉的。父母知道后，很高兴，一声声叮嘱，燕儿，加劲，莫辜负了老师的期望，也不要让我们失望。

燕儿一声长叹，又扎入书堆中。

省重点高中，是学生时间的磨炼，题海的煎熬。每天六点上学，三顿饭外，没歇一口气的时间，一直到晚上十点半回家，再加一小时的班，燕儿才能上床睡觉。

燕儿头脑昏沉，走路如踩云端。也就是看到天空飞过的燕子时，心里才会有一丝轻松，但这丝轻松马上消失了，窗外，是班主任雪亮的目光。

高三之后，燕儿有种虚脱的感觉。

春天来了，窗外，有叽叽喳喳的声音。燕儿抬头，一个燕巢正做在外面的楼檐下。一只小燕从窝里探出头，嫩黄的小嘴，一呷一呷的，一声声清亮的声音落下来。

燕儿笑了，想起童年，想起那个喊着"飞啊飞啊"的女孩。

燕儿的动作，自然逃脱不了班主任的目光。班主任苦口婆心，一而再再而三地说，别看外面，看书去，马上要高考了。可是，燕子一叫，燕儿的目光自然而然溜了出来。

班主任忍无可忍，当燕儿再一次望出去时，一根竹竿捅了燕窝。燕子飞飞，满空哀鸣。燕儿泪流满面跑了出来，走廊上，一只羽毛刚丰的燕雏，张着嫩黄的小嘴叫着。

燕儿跪下，小心翼翼捧起它，放学后捧回家，用鸟笼养起来。

小燕子快会飞时，燕儿参加了高考，成绩下来，父母傻了眼，燕儿别说考上北大，普通大学也没考上。

父母失望，生气，然后是愤怒，将鸟笼与笼中的燕子一齐掼向楼下，说，整天看燕子，再看燕子。

燕儿跑下去，捧起燕子，燕子已经死了。

那晚，燕儿从高高的楼台上跳了下去。据邻居说，他听到飘在空中的燕儿嘴里喊道："飞啊，飞啊！"

渺小的职责

小区很难管，垃圾乱扔，小偷也多。我正在恋爱，常常来女友这儿，一辆电动车放在楼下，卿卿我我不超过两小时，下楼，车没了。

再买一辆，再来，又没了。

我锲而不舍，买第三辆，一路凯歌，又来到女友家，两人都防着这事，谈了几句，准备下楼去影院，到了放置车子的地方，傻了眼，车再一次不翼而飞。女友无奈地道："算了，以后再不要骑车来，这儿乱，会把你偷成穷光蛋的。"

由于乱，门卫就换得勤，原先的门卫，闲时喝茶，看报，见人点头微笑，弥勒佛一般。在第三辆车子丢失不久，女友打电话，告诉我，门卫换了。

"你要小心，是一个倔老头。"女友怕我再去时受了委屈，反复叮咛。至于怎么倔，女友告诉我，什么都管，而且不给人面子，一举一动，都得按规章来，一次，恋人把一个奶瓶一不小心随着垃圾扔了。这瓶，本来由门卫收拢，交给送奶人的。为这，门卫老头很生气，将她吼了一顿。恋人红了眼眶，说错了不成吗？门卫老头很倔，说罚。硬是罚了恋人的款。

恋人说时，还余怒未消。

我有点不信，觉得女友夸张，现在是什么社会了，还有这样不会做人的人。

两天后，我又一次去了小区，彻底领略了老头的倔。到了小区，像过去一样，我随手抽出一根烟，扔给门卫老头，告诉他，我是小区的姑爷。说完，哼着歌，一转身，准备往里跑。

谁知那门卫老头偏不买账，一把抓住我，道："慢着，谁能证明？"

我睁大了眼：在这个小区，我没走一千趟，也走了八百趟，而且还丢了三辆车，还要谁证明？所以，很不高兴地道："谁证明？我证明。"

老头不行，手一横，没人证明，坚决不许进。也就是说，我先前的人情，还有笑脸完全白搭，无奈之下，我打通手机，让恋人下来，赶快领我。

过了一会儿，恋人来了，可老头仍不放行，让恋人在他准备的一个本子上注明带谁进了小区，并签上名字和年月日。

我在旁边，气呼呼的，心说，我这成什么了？快成贼了。

恋人也不高兴，签了名，把笔重重地放在桌上。

门卫老头就当没看见一样，冷冰冰的脸上挤出了一丝微笑，让我们进去。走过身，我对恋人道："这老头把自己当成什么了？当成联合国

秘书长的贴身侍卫了。"恋人说，秘书长的侍卫怕也没他那么牛。

还有一次，我亲眼看到门卫老头动了武。

那天，一个小伙子喝了酒，一路叫骂着，来到小区，猛地站住，抬起头，他的面前站着一个干瘦的老头。小伙子愣了一下，一挥手道："老头让开，我要进去找一个人。"

门卫老头不让，告诉他，酒醒了再进去，不然不行。

小伙子脸更红了，睁大眼，去推门卫老头，门卫老头一推搡，那小伙子酒喝得太多了，脚步一踉跄，摔倒在地上，爬起来，嘴里叫骂着，朝门卫老头扑过去。

门卫老头大吼一声，如一个浑身张开刺的刺猬，望着那小伙子，拿出一个旧手机，道："你再不走，我就打110。"说完，拨了号。小伙子见了，失去了锐气，良久，气得吐一句："茅坑的石头，又臭又硬。"一路歪斜地走了。

渐渐地，我们发现，到小区闹事的人少了，安静多了；小区的地面洁净多了。

更奇怪的是，小区的人，每一个经过门卫值班室时，这以后都放轻了脚步，轻言细语的。见了门卫老头，都点着头笑，一律按照老头定的门卫制度办，没有一个越规。

开始几次，我去时，门卫老头由于初识，老爱忘记，每次都得让恋人来认领，让人很烦。时间长了，互相认识了，也习惯了老头的要求，慢慢适应了，觉得老人蛮好的，渐渐又说笑起来。

最重要的是，我又买了一辆电动车，每次放在恋人楼下，不管多长时间，下楼，车子都完好无损。

最近，我当了一个小科长，科室里的管理很混乱。恋人知道了，一拍我的肩膀，说去拜师取经啊。

我一愣，问谁。恋人说门卫老头啊，瞧人家把一个混乱的小区管理的，何况你一个小小科室。

我一听，眼睛一亮，去了。

听了我的话，老人喝了一口茶，一笑，思索良久道："我也没啥经

验，只不过，我想，不管干什么，或管多大的事，你只要认真负责，重视自己职责，别人也就不会轻视你。当然，如果你都轻视自己的职责，别人更会看不起你，你的管理也就乱了。"

我听了，连连点头。

有时，正是我们轻视自己的职责，才引起别人对我们的轻视。

猎 人 与 狗

茫茫沙漠，蠕动着两个小小黑点：一个是猎人，一个是猎狗。他们被困沙漠，已经整整四天了。

他们有肉干，可是，水已经不多了。不大的水囊已经见底，每喝一口，猎人的心中就会有一种绝望悄悄漾起，就像溺水的人，有种窒息的感觉。

猎人望望猎狗，舔舔干裂的唇。

猎狗望望猎人和那水囊，也舔舔舌头。

这儿是北方大沙漠，千里纵横，沙砾无边。生命进入这儿，就如一蚁，随时有被天地捻碎的感觉。想到这儿，猎人忍不住浑身激灵灵打个冷战，有种欲哭无泪的感觉。

夕阳慢慢落下，浑圆，血红，十分壮观。可是。猎人已经没有了观看夕阳的兴致，他望着血红的地平线，仿佛听到了魔鬼的叫嚣，听到了死神的狞笑。

他定定地坐着，望着猎狗。猎狗也定定地坐着，望着他。

夕阳落下，月亮升起，圆满，洁白，这是沙漠上一个少有的好天气。沙漠上，顿时月光如水。水中，有两粒浮萍：一粒是猎人，一粒是

猎狗。他们躺下，挤在一起，相互取暖。不一会儿，一人一狗响起了鼾声，就如水面泛起的一个个水泡。

沙漠很静，被大天覆盖着，如洪荒世界。只有几颗星，在偷偷窥视着人间。其余的一切，都睡熟了。

猎人嘴里打着鼾声，悄悄坐了起来，手腕一翻，亮出一柄匕首。眼光，锥子一般，扎向猎狗。

他想下手。

杀了猎狗，就用它的血为饮料，走出沙漠。他想。

即使不杀它，它也会渴死。他在心里安慰自己。

他举起匕首，又停下。这是一只灵性的狗，一次，在雪山上，他晕倒了，是它拖着自己，硬是从死亡边缘将他拖了回来：对它，他下不了手。

可是，不杀它，又怎能走出这沙漠呢？再说，今天一天，这狗都望着自己的水囊，明显的，它也感觉到水快没了：它可能在打水囊的主意呢。

他不断地给自己寻找着下手的理由，终于咬咬牙，再次举起了手。

月光下，猎狗停止了鼾声，眼角滚出两滴泪水来，大大的，银钻一样。他心头一抖，匕首"哐啷"一声落在地上，抱住猎狗，泪流满面。

天，慢慢变亮，一轮烈日又暴晒在沙漠上。

他和它，在沙漠上蠕蠕而动，小如两只蚂蚁。终于，他们不动了，都趴在那儿大口大口地喘息着。

水囊中还有一口水，不，小半口。他舍不得喝，不到生命的最后关头，这水，就是希望。

猎狗突然耸耸鼻子，有气无力地叫了两声。见他不动，它跌跌撞撞跑过来。他一惊，心想，狗东西，果然来抢水了。可是，这会儿，他已没有了一点儿力气。

猎狗跑过来并没有抢水，而是撕扯他的衣服。他不动，动不了。他的心中，一股寒气透骨袭髓。这猎狗，看样子和他想的一样，想吃掉他，使自己活下来。他没杀它，看样子，它却准备咬死他。恐惧，灌满了他的双眼。

猎狗并没咬他，扯了一会儿，扯不动他。突然，它叼起水囊，转身

跌跌撞撞跑了，跑向沙丘。

"停下！"他喊，声音如丝。

猎狗没停，转身望望他，仍朝沙丘跑去，一跌一撞的，喝醉了酒一般。

"停下，我——开枪啦——"他喊，用尽力气。

猎狗没停，仍在跑着，已上了沙丘顶。"啪"的一声，枪声响起，在空寂的沙漠上久久回荡。猎狗回过头，望着他，叼着水囊缓缓倒下。

击毙猎狗，他鼓起最后一点力气，移动着身子，一寸一寸移向沙丘。好在沙丘不大，他终于爬到沙丘上，顿时呆住了：沙丘后，有一片青草，青草中间，汪着一塘清泉。水塘很小，簸箕大，水面平滑，反射着阳光。

猎狗鼻子灵，嗅着水源了，来拖他，拖不动，就想了一法，叼走水囊，引他来追。可惜，没引来他，却引来了一颗子弹。

这东西，有灵性呢。

他跪下，抱着猎狗，号啕大哭。

救赎的通道

小城的一个早晨，他出现在银行前，手，紧紧插在衣兜中。衣兜中，鼓囊囊的。这时，身后传来一个声音："先生，行行好吧。"

他回过头，是个乞丐，伸着双手，一副老态龙钟的样子。他想到了自己的家，自己的老父亲，鼻子一酸，拿出仅有的一张钞票，递给了乞丐。在乞丐的感谢声中，他走进了银行。

这时，他的肩被拍了一下，回过头，是个五十多岁的老头。这老

头，一直跟着自己，让他很感厌烦，因此，皱了一下眉，警惕地问："什么事？"

老头一脸微笑，向他伸出大拇指，赞道："真不错，年轻人！"他一愣，随即明白，老头是夸他刚才的行为，就笑了一下，点点头，转过身子，眼睛盯着窗口。

这时，外面一阵骚动，有人喊："快，有人要跳楼啦！"

大家一听，都哄开了，纷纷去看。他心里一动，叹口气，仍然一动不动，望着营业窗口。身后，那个老头没走，拉了他一下。他一惊，回头道："什么事？"

老头焦急地说："走，快点救人。"

"那是警察的事！"他说，又回过头。

"这儿离公安局很远，警察赶来，早已迟了。"老人说着，不管他同意不同意，拉上他就走。老头的手劲很大，他被拉着，不由自主地跟了去。再说，救人是好事，他也不拒绝啊。

出了银行，他们就看到跳楼的人，站在一家楼顶，大声吼叫着，做出随时跳楼的样子。

老头急了，直挥手，示意那人别跳。

他也大喊着，劝说那人。

可是，那人站在高处，毫无疑问看不见也听不见。老头儿一招手，说他清楚这儿的楼道，可以直通楼顶。说完，当头就跑、他想也没想，跟在后面。

在老头带领下，他们终于上了楼顶，出现在跳楼人背后。跳楼人看见他们，大吼："别过来，过来我就跳。"

他和老头站住，甚至，他把老头向后拉了一把，说："我们不过来，请问，你为什么要跳楼？"

那人红着眼圈，告诉他们，自己拿了些钱，出来做生意，谁知受骗上当，血本无归，无脸回家去见亲人，不如从这儿跳下去，一死了之。

他问那人，有父母吗？那人点点头。

"你认为，那点钱一定超过你父母对你的爱？"他问。

对方摇摇头。

他又问那人，有爱人和孩子吗？那人点点头。

他又质问："在你眼中，爱情和儿子都抵不过那点钱？"

那人喃喃道："不，不是的。"

"你不爱他们。"他吼道"为一点钱，你跳下楼去，一了百了，你想到你的父母吗？从此，他们会痛不欲生。你想过自己的妻子吗？从此，她会以泪洗面，而你的儿子，也会变成个可怜的孤儿。"他越说越激动，想到自己的父母、妻儿，泪流满面。

那人不说什么，慢慢蹲下来。

他走过去，将那人拉离危险地带，流着泪劝说，金钱和亲情、爱情比起来，一文不值，一个人，怎么能为一点钱，就置生命、亲情、友情于不顾呢。

那人点着头，满含感激。

他欣慰地点点头，告诉他，自己也一直遭遇不幸，打工被骗；顶撞上级，被炒鱿鱼，可是，一想到家，想到亲人，他的心就充满爱和幸福。

公安干警这时恰好赶来，带走那人。临走时，那人不停地感谢他，说他给了自己第二次生命。

他笑着挥手作别，然后和老头笑着分手离开。他再也没回银行，到了湖边无人处，把衣兜中匕首拿出来，悄悄扔入水中。

本来，他是去银行抢劫的，最终，是自己一番话，拯救了自己，因为，自己家中，也有亲人，也有妻儿，他们在等待自己。他很欣慰，在拯救别人的同时，自己，也拯救了自己。

而那个老头子，也终于舒口气。这个老警察也欣慰地笑了，跳楼这戏，是他和同事演的双簧，因为，他知道这个年轻人今天要抢银行，他知道那是个不错的小伙子，仅仅出于遭遇不公，一时冲动。他觉得，作为警察，自己应当唤醒他，给他一条救赎的通道。这，是警察的职责。

心灵的颤抖

路上很干净，太阳亮亮的，是个放飞车的好日子。

那时，我二十多岁，正是一个放飞车的年龄。尽管，每次骑上摩托车前，母亲总会送出门来，一声声嘱咐："路上注意些，走慢点。"我听了，总是笑笑，很痛快地答应了，可心里却想，母亲忒小心了，我又不是小孩子。

放飞车真的很过瘾。

风，在耳边欢笑着，细细抚摸着自己的面颊，轻柔如音乐一般。路面上，阳光干净地跳跃着，闪动着。田里的庄稼，路边的树木，还有溪水，还有黑瓦白墙，都在眼前一闪而过。这时，我把所有的心思，所有的烦恼，都抛在脑后，用一两声轻快的口哨，抒发着自己的舒畅和快乐，很是潇洒。

当然，路上，时时会走过三几个女孩子，眨着长长睫毛的眼睛，亮亮地望着我，让人感到心里无限地舒畅。这时，我的心中，仿佛满布着三月的青草、四月的鲜花和五月的鸟鸣。

但是，今天却不同，今天我的车上带着母亲。

母亲是第一次坐摩托车，很不习惯，甚至有些害怕，从她颤巍巍的手上可以感到。

我稳稳地跨在摩托车上，两脚分开着地，一动不动。母亲慢慢上车，尽量的，不让我的车子晃动。坐在车后座上后，她像完成了一项很艰巨的工作似的，长长嘘了一口气。

摩托车动了，是一档，轻微地滑动。母亲紧紧搂着我的腰，很稳。

车子走得很慢，因为我时时提醒自己，后面带着母亲。母亲坐在后面，一动不动，一句话也不说：她听我说过，说话或者晃动，都会影响到开车人的注意力。

路上很安静，没什么车辆。太阳暖暖地照着，很温和。慢慢地，我的车也加快了速度。不时地，我会回过头，问："娘，快吗？"

母亲说不要紧。

我放心了，车子更快了，耳边有风一缕缕飞过。来到一处拐弯前，我使劲地摁着喇叭。路那边，很寂静。我放心地让车冲了过去，拐过弯，傻了眼：对面，一辆汽车奔过来，冲向了我。面前，又是一条水沟。要在过去，我很可能车子一闪，就过去了。可是今天不行，因为后面有母亲，她老人家从来没有坐过摩托车，会吓着的。

但时间已容不得我多想，一横心，车子飞了过去，溅起一片水花。幸运的是，我们的车子贴着大车而过，丝毫无碍。母亲一句没吭，仍搂着我的腰。但我清晰地感觉到，老人轻轻一抖。

车子又走上了平路，老人仍然一言不语。

我心里有点不安，问："娘，刚才吓着你了吧？"

过了一会儿，母亲平静了呼吸，慢慢地说："是吓了一跳，倒不是担心自己，是担心你。"

轻轻的，不经意的一句话，在我心中投下一粒石子，把我骑飞车的那种得意、畅快的感觉击得粉碎。一种从未有过的惭愧和自责袭上心头，让我无言以对。

我的车速，不自觉地慢了下来。

我真正体会到了一个母亲对儿子刻骨铭心的关心，那不是语言所能表达的，而是在灾难到来时，全然忘却自己，一心牵系在儿子身上的轻微的一个颤抖。

那一刻，母亲是怎样地担心啊？

想想，从买摩托车到现在，自己放过多少次飞车啊。每一次，当我在路上吹着口哨，潇洒地奔驰的时候，母亲在家里，该是如何地坐立不安啊。

以后，我再也不放飞车了。

而且，每次骑车到了地方，总是赶紧给母亲打电话，在电话里，我说："娘，我到了，很平安。"那边，传来母亲的微笑和长长的嘘气声。

炒鱿鱼

炒了王经理后，我踌躇满志，找了份工作，准备大显身手。当然，我找的依然是一份餐饮工作。我要让王经理看看，我究竟怎样。

原以为，以自己的学历和能力，无论如何，也得当一个部门主管，或者干其他轻松的工作。可是，失望得很，我仍被安排在外面当服务生。本来想一挥手，再次炒老板鱿鱼。可是，又鬼使神差地留了下来，不为别的，只为争一口气。

上任第一天，就认识了吴毅，一个很潇洒的男孩，和我一样，也是大学毕业，和我干一样的工作，端盘子拿碗。有时，客人进出，给开门关门。这是个分店，才开业不久，服务员不多。

开始几次，有客人上门，我去开关门。每次，吴毅都要朝我望一会儿，望得我莫名其妙，问："怎么？我做得不对吗？"

他笑笑，道："最近和谁产生矛盾了吗？"

"没有啊！"我诧异，"你从哪儿看出来的？"

他笑着说那就好。正在这时，有客人来，他走过去，微笑点头，把玻璃门轻轻拉开，客人进来后，又轻轻关上。休息时，他对我说："客人来，享受生活的同时，也是在享受着我们的服务态度。开关门重了，会让客人产生误会。"一句话，让我低下了头。开关门重，是我的习惯。真的，我也感觉不好，可并没有认为这么重要。

以后，有意无意地，我注意着吴毅的一举一动，并认真学习起来。

他不只是开关门轻，就是让客人点菜，声音也很轻。走过去弯下腰，低声询问："请问，需要什么吗？"客人见他声音低，自然而然，也放低了声音。因而，他走过的桌子，从没嘈杂的声音。

几天下来，我开始深深检讨自己。其实，原来的老板对自己并没有苛责。自己有很多不好的习惯，又把这些坏习惯带到了工作中。又加上

一直认为自己是个大学生，做服务员，有点降低身份。所以，时不时地，会在态度不好的客人面前，显出自己的不满。

想想自己炒老板的鱿鱼。如果不是自己走得早，只怕迟早会被老板炒鱿鱼。

想到这儿，无来由的，自己竟然一身大汗。

以后，我就学着吴毅的样子，轻轻地开门关门；对待客人的询问，也轻轻弯下腰，放低声音。渐渐地，我成为店里最受客人欢迎的服务员。

一天，吴毅上班告诉我一个消息："经理表扬了你，而且，还准备给你提薪呢。"

"真的吗？"我很高兴，这说明，我的工作得到了公司的肯定。

"真的，老板亲口说的。"吴毅很肯定。

"刘经理真是个不错的老板，比——比我过去的那个王经理好多了。"我由衷赞道。

吴毅笑笑，点着我的鼻尖："这次可不是刘经理的意思，是总经理说的。"

"总经理？都没见过我啊，知道我吗？"我惊讶道。真的，来之后，我知道这个店是个分店。可是总经理，一直未曾见面。

吴毅笑笑，道："总经理来了，今天在1号单间专门设宴招待客人呢。"说完，和我一块儿拿着盘子，向1号单间走去。我的心里"砰砰"跳，怀着一种好奇的心理。到了1号单间，我们敲了敲门，开了，两个人坐在里面，一个是我们店的刘经理。另一个，则是前面被我炒鱿鱼的王经理。

"总经理好！"吴毅喊，王老板点头。我一惊，手一晃，盘子里的汤泼出来，泼在手上。手一抖，盘子掉在地上，碎了。我呆住了，不知怎么办好。

"怎么？没有烫着吧？怪我，提前没让吴毅告诉你，让你吃惊了。"王总忙道歉。

我嗫嚅着，说不出话来。

　　"来，赶紧坐吧。"刘经理让着我和吴毅。我丈二和尚摸不着头脑，道："总经理不是请客人吗？"

　　"就是你啊。"总经理笑了，"我们公司有规定，每一个职工生日，作为总经理，都应当招待职工一次。祝你生日快乐，白真。"

　　一句话，提醒了我：今天，是我的生日。在这个陌生的城市，第一次，我享受到了生日的幸福。

　　事后，吴毅笑问："还炒老板的鱿鱼吗？"

　　我笑着连连摇头。他道："你不走了，我却要走了。"

　　"你？怎么？想炒老板的鱿鱼？"我惊讶地睁大眼睛，望着他。他笑了，说："你想到哪儿去了？公司新近招了一批大学生，需要做好工作培训，总经理给安排了新的培训对象。"

　　我终于明白过来，原来，吴毅是公司派来专门指导我的工作的。

　　吴毅走了，我的心终于安定下来，因为，在这样的店里当服务员也很不错啊。还是吴毅的一句话说得好："炒了工作还可以找，炒了单位还可以寻，炒了好老板就很难遇见了。"

陈若凡的礼物

　　陈若凡走进来的时候，胸前佩一朵红花，一蹦一跳，如一只鸟雀。阳光照进来，亮亮的；照在陈若凡的眉脸上，也明亮亮的。

　　陈若凡骄傲地介绍，这是今天老师发的，她歌唱得好，老师奖励的。而且，她还举起手上一袋瓜子炫耀："看，这是我妈妈买的，给我的。"

　　我们停下手头的工作，马上响起热烈的掌声。

　　我们知道掌声会带来什么，在陈若凡面前，或者说，在手拿食品的陈若凡面前，我们知道我们应该怎么做，不应该怎么做。

　　这，几乎已成了惯例。

　　果然，陈若凡禁不住我们一拍，晕晕乎乎，把袋中的瓜子毫不犹豫地发给我们，一人一撮，一圈之后，陈若凡的袋子马上瘪了。不过，小家伙很大方地说："还有呢，过一会儿再给你们吃。"

　　我们又一次轰然鼓掌，为陈若凡的大方。说实在话，陈若凡的大方毕竟是不多见的。

　　手中的几粒瓜子嗑完，我们又算计起陈若凡袋里的瓜子。我们极力撺掇陈若凡，把得小红花的那一个舞跳一遍，让我们欣赏欣赏。

　　工作劳累，看一下陈若凡跳舞是很不错的消遣，再说，我们也要为再一次鼓掌创造机会呀。

　　陈若凡被我们一鼓动，一高兴，走到办公室中间的空地处，开始跳起来，幼儿园小班的舞蹈，动作很简单，也就是学学小猫咪咪咪，学学鸭子呱呱呱，然后摇摇屁股摆摆头，可陈若凡做得相当认真，完了，还用手在头前点几下。我们问那是干什么，陈若凡以很不屑的样子指导我们："那是鸭子在啄鱼，真笨。"

　　"哦！"我们假装恍然大悟，然后，就忙着鼓掌，接下来，眼巴巴地望着陈若凡的瓜子袋。

　　可陈若凡无动于衷，一点儿也没有发瓜子的意思。

　　"发啊，陈若凡！"我们提醒。

　　陈若凡摇头，一点儿也不为我们所动。

　　"怎么啦？我们鼓掌了。"我们提醒。

　　"只知道贪嘴，看你们的成绩。"陈若凡眯着眼训着我们，很有些趾高气扬的样子。据她妈妈介绍，这是幼儿园老师早晨批评她的，她用在了我们身上。

　　一时，我们都泄了气。

　　陈若凡长着大大的眼睛，翘鼻头，额头向外凸起。下雨，据我粗略估计，是不需要雨伞的，一个大脑门就能遮雨。一天，她妈妈把她抱在

怀里，用手把她额头拍一下，说："要一下能把这拍平一点该多好。"

陈若凡正在吃饼干，睁着大大的眼睛问："拍平咋的啊？"

她妈妈说："大脑门多丑啊，是个丑女孩啊。"

陈若凡一下子从她妈妈怀中溜下来，翘着鼻头说："我漂亮，我不丑。"而且，当场一点儿也不谦虚地自诩为最最漂亮。为了表明自己确实是漂亮的，陈若凡马上想到了让我们来证明。

陈若凡走到一处办公桌前，要问一句："叔叔，我漂亮吗？"或者"阿姨，我漂亮吗？"

我们是谁啊？是陈若凡的超级粉丝。

所有办公室里的成员，每一个都毫无例外地夸一句："陈若凡是天下第一美女。"一圈问完，陈若凡全票当选为最美的美女。当然，有了第一就得有第二啊，办公室每一个女同胞都睁大了眼睛，询问着同一个问题："小美女，那我们中间谁是第二大美女呢？"

问完，一双双眼睛望着，比平时望陈若凡手中的零食还要焦急。

陈若凡想了一会儿，望了一会儿，手指伸出来，骄傲地一指，让全办公室的美女们都唉声叹气。

原来，陈若凡指的是她妈妈。

陈若凡的零食，一般情况下，就这样在我们的掌声和夸奖声中，慢慢地转移到了我们手中。然后，陈若凡会满戴着掌声和夸奖声回家。

如果没有这些伎俩，陈若凡的零食是很难拿出来的，用她妈妈的话说，陈若凡是柿子树下出生的——蔷（涩）着呢。说时，陈若凡正在吃零食，专心致志，旁若无人，让我们大吞涎水。

可是也有例外。

一次，陈若凡拿了个大苹果，坐在我旁边津津有味地吃着。

当时，我在改作业，不知道同办公室哪一个知道，说今天是我的生日，他从会计那儿看到登记表上的日子，才知道的。

时间已到晚上，大家都说可惜，要早知道，一定要热闹一下。

大家不说，还没什么，一说，我心里反而酸酸的。我才调到这个单位，离家三百多里，初次远离家人，人生地不熟，诸事不顺，工作压力

大，早已忘记了自己的生日，或者说，有意识地不愿意提起自己的生日，以免心里难受。现在，却终于被别人提了出来。

我默默地坐在办公桌前，改着作业。

突然，一只小手伸过来，是陈若凡的，上面放着一小块儿苹果，是她用牙咬下来的，给我的。

我笑了，大家也笑了，问为什么。

她眼睛滴溜溜转，说过生日要送礼物，她过生日她妈妈给她礼物呢。她说得一本正经，惹得大家笑声更大了。

我也笑了。

我的心里，暖暖的，把一天来的委屈都消散了。

我很认真地接过那苹果，很小心地用纸包着装进衣袋，拍着她的头说："这礼物叔叔收下了，谢谢你！"

我觉得，这个礼物很贵重很贵重，超过了我过去所收到的任何礼物。因为，它是一个小孩真挚的友谊。

小城二胡张

小城很小，比一个镇大不了多少。叫城，有点夸张。

既是城，就有了城应具备的一切，小车、高楼、桑拿，还有女子倚着门笑，蓝蓝的眼影，红红的嘴唇，笑得人心直发软。

小城唯一缺少的，是艺术。

在小城，能提得上是艺术家的，只有二胡张。

二胡张的二胡，是小城一绝。二胡很粗糙，是随便用什么木头做成的。别人看了，只摇头，可到了二胡张手里，不说拉，用食指在弓弦上

89

弹弹，落下的，都是一滴滴的泉水叮咚声，很悦耳。

这把二胡，和二胡张形影不离。

拿着这把二胡，二胡张能拉出金戈铁马的声音，一片清冷，让人听了，在肃杀中寒毛直竖，浑身冒汗。当然，拉到幽幽咽咽凄凄切切处，也能让铁打的汉子眼圈发红，泪花涌出。

就因为这，小城人称他二胡张，他的真名反而被忘记了。

那年，为了给失学儿童捐款，有人牵头组织了一次义演。可是，无论怎么动员，捐款数目都达不到要求。组织者急了，满头大汗，找来二胡张。寂静中，只听幕后一声二胡音，幽咽如水，越流越慢，越流越细，可又丝丝入耳，一下子就抓住了所有听众的注意力。

幕布一开，二胡张缓缓走出，手中二胡不歇，乐声如轻轻地诉说，如无奈的啜泣，如无望的乞求，如哀哀的哽咽。二胡张的身后，是一排失学儿童，在这凄怆的音乐声中，个个泪流满面。

台下的观众，也个个泪流满面。

二胡声结束，观众蜂拥上台。那次捐款，取得了意料不到的效果。

二胡张的二胡声，让小城多了一份古雅，多了一份人性和爱，少了一份世俗的清冷。

一天不听二胡张的二胡，小城人做事就会少了一份劲头，连吵嘴打架也会多了那么几起。

二胡张的日子，也就这么在二胡声中慢慢悠悠地过。

大概就在他五十八岁上吧，遇到了烦心事。

当时，下岗如潮，汹涌而来，小城也不例外。下岗名额分到最后，还有一人，下谁呢？县长咬着笔头，想了半天，最后一拍桌子，说："就这样，在文化馆再下一个，那些人不挣钱，只花钱。"

一句话，一份文件就扔到了文化馆馆长二胡张的桌子上。

二胡张急了，打电话，说："县长，怕不行吧？文化馆已经下了几个人了，整个文化馆现在带我也就三个老头子了。"

"老头子也得下。"那边，硬邦邦地扔来一句话，砸得二胡张直伸脖子。

"可他们都快退休了啊。"二胡张申辩说。

"革命不是养老。"县长斩钉截铁。

"可，可那是我们县的艺术精英啊。"二胡张哀求道。

"艺术？艺术能当饭吃吗？"

二胡张愣在那儿，傻站了半天。那夜，有人发现，二胡张办公室中的灯一直亮着。第二天，不见馆长上班，那两个老头去打门，门虚关着，推开，已经人去室空，只在桌子上放着一张字条：不要找我，我下岗！

两个老头你望我我望你，望出一脸的无奈和忧伤。

从此，小城再也没有了二胡张，也没有了如水的二胡音。

小城，也淹没在一片浮躁中。

一日，是腊月十几，雪下得那个大呀，整个小城都被雪包裹起来了，一片冷清。只有县长家属楼外，鞭炮如雨，车流如水。

那天，是县长老爹的七十大寿。

年年此时，县长都要给老爹祝寿。

到了上午，大约三点，客人们吃酒划拳，给老太爷敬酒，一切都在热热闹闹的时候，门外探头探脑走进来一个卖唱的。那是一个头发胡子都乱糟糟的老头子，一脸病容，说，自己给拉一曲二胡，换口饭吃。

管事说要吃就吃得了，二胡就别拉了。

那老头硬气，说不让拉二胡，施舍的饭是饿死也不吃的。

管事的没法，给了两碗饭，让吃了之后，说："要拉就拉吧，不过得拉好听点的。"

老头眼睛一白一翻，手指一弹弓弦，滴落几滴音乐。然后颤抖抖地调了一下弦，随之，水一样的二胡音从弓弦上流淌下来，仿佛在白白的月光下流淌，清新，洁净，纤尘不染。

整个宴会厅一下子都静了下来。

二胡音慢慢走向苍凉，冷寂，好像一个孤独的旅人在月下无助地蹒跚，面对落花低声地倾诉。乐声，也在一片凄冷的月光中越来越低，袅娜一线，蚊子腿一样纤细，最后渗入地下。

一厅人都侧着耳朵，去打捞那声音，可怎么也捞不到。

整个客厅寂静得没有一点声音，连茶水都不起一丝颤抖。

"是《水月印花影》，二胡张创作的古曲。"有人首先醒悟过来。

"是二胡张的，也只有二胡张拉得这样好。"有人应和。

大家醒悟过来，忙抬起头，可面前已没有了二胡张的影子。

一时，宴会厅里，没有了人声，也没有了嬉笑声和划拳声。

门外，雪，更大了，棉团一样"噗噗"地落。小城，在苍茫的雪里一片静穆。

第五辑

青瓷赝品

爱吹牛的老石

　　他说他打过日本人，说得有板有眼。他说日本人上来了，连长喊了一声"打"，他第一个将自己投了出去，一刺刀，扎在一个日本兵的肚皮上。

　　我们都笑，我们说，老石，你要打过日本人，我们还打过美国兵呢。吹吧，反正吹牛也不要钱。你要打过日本兵，还坐在这儿看门，早就坐着小车，一溜烟跑到北京城去了，还和我们在这儿穷吹。

　　老石就"嘿嘿"笑，不说了，坐在那儿，抽一根劣质烟，吧嗒吧嗒，腾云驾雾。

　　老石是我们单位的看门人，那时候已经七十多岁了，腰板倒挺硬朗，一看就是一个干过力气活的。而且很积极，每天天不亮就起床。

　　我们说，老石，咋起那么早？

　　他怎么说？哎，干哪一行务哪一行，千万不能耽搁了工作啊。那口吻，好像他干的是件多了不起的工作似的，不就是看门吗？还工作呢。私下里，我们说他假积极。

　　除了假积极，他就爱吹牛，上面就是一例。

　　还有一次，老石的牛就吹大了，吹得简直没边没沿了。你一定猜不出他吹的什么。你如果猜出来了，你宁愿相信自己家的碗橱内长了人参，也不会相信他的话。

　　他说什么来着，他说在解放战争的时候，他在战场上抓住了一位国民党的军长。

听听，军长哪！是那么好捉的吗？是河里的鳖吗，你想捉就捉得到吗？老李硬是把牛吹死了，吹得我们捂着肚皮笑，连我们的科长都笑出了泪，他还不停嘴，还以为我们在欣赏他的故事呢。其实，我们是讽刺地笑，如未庄的人笑阿Q一样，笑他。那傻老头，他还不知道呢。

他说，他在战场上抓了一个伙夫，他怎么看怎么不像伙夫。伙夫有那么胖吗？伙夫脸有那么白净吗？伙夫手有那么细腻吗？

他连提三个"吗"，一本正经的样子，想吸引住我们的注意力。果然，有效果，我们不笑了，聚拢到他身边，认真起来。

他说，你究竟是什么人？

那人说，我是伙夫，解放军同志。

他说，你个家伙，不老实。好，到连部去说个清楚。

于是，他说，他就押着那个家伙，向连部走去。到连部，那家伙也说是伙夫。连长对他做完宣传工作，正准备放人时，师长下来检查工作，路过此地，顺便进来看看，一眼就认出了那人，原来，他们是一个军校出来的同学。

说完，他很满意地准备小结一下，说，就这样，我一个人活捉——

"军长"还没说出来，就被一个嘴溜的小伙子接了过去，说"一个老石"，刚好凑成一句话。大家一听，又哈哈大笑，十分快活。老石呢，受了别人耍笑，用手摸摸胡须，笑笑，又忙他的去了。

老石在早晨，也进行操练，而且一招一式，有板有眼。我们站在旁边看，稀稀拉拉的，有掌声，但明显地，带着调侃的意味。

老石知道我会几招，问我怎么样？

我笑笑说，银样镴枪头，好看不中用。让老石十分不满。说真的，到现在，我都后悔，我自己练的那几招其实是"高粱秆扎枪——摆设子"，又怎么评论老石的呢。

老石最终被我们单位开除，也和他自己的毛病有关。

一天早晨，老石起得很早，就看到一个人影鬼鬼祟祟地往外走，老石大喊一声，据看到的人说，很有些气壮山河的味道。那人就现出了慌张，就往外跑。老石一个扫堂腿，那人立马爬下。在一片喝彩声中，

老石揪起那人，却又松了手，还扶起那人，扶到门房，给那人洗洗涮涮，完了，送点钱，让走了。

老石说，那是他认识的一个乡下朋友，进城打工被骗，没了路费。哎，人要有办法，谁愿做贼？老石说。

这还得了，这不是吃单位的饭，砸单位的碗吗？全单位成员一直通过，开除这个"里通外国"的老家伙。

于是，老石就带着他的被子走了，到哪儿去了，不是我们管的事，我们也管不了，也不想管。

后来，有单位的人说，看见老石在路上捡塑料卖，仍然爱吹牛。我想，江山易改，秉性难易，大概说的就是老石吧。

不久，市里召开一次学习先进人物的表彰大会，在电视里。宣传的是我们市里一位退休的老首长，在一次回家乡探亲后，回来，就积极投身到家乡的捐款助学活动上。为了能多捐款，他竟给一些单位看门，到处拾垃圾，加上自己的工资，十年下来，捐款几十万。

接着，镜头特写：嗬，你猜是谁？那首长，就是老石！

大家说，邪乎了，现在还有这样的人？打死我，我也不相信。一定是为了宣传，拉个老石做样子。

大家想到老石那熊样，想笑，一时却又没有了笑的兴趣，只是"嘿嘿"两声，散了。

莫子瞻逸事

莫子瞻，丰城望族子弟，平生无所好，唯好品茶。

据丰城人传说，莫子瞻少年时，读书归来，没有其他事，就一头

扎进自己房中，再不出来，且声息俱无。莫老爷子十分高兴，一日在客人面前夸口道："我儿学习，手不释卷，像一个女孩子一样。那成绩，大概是不会错的。"说完，捻须大笑，十分得意，可笑声未停，莫子瞻下学归来，递上成绩单，莫老爷子傻了眼，脸也红一阵白一阵，哑口无言。

莫子瞻的成绩，门门不及格。

莫老爷子从此多了一个心眼，一日瞅莫子瞻进了房，不一会儿，也突然来到，只见莫子瞻躺在竹椅上，拿一把茶壶，有滋有味地，正在品茶呢。

莫老爷子大怒，胡须直抖，冲过去，抓过茶壶就准备往地上扔，莫子瞻一把拉住，威胁道："爹，你要是不砸壶，我就给你好好读书；你要砸了壶，就等着我回回拿零蛋吧。"

一句话，让莫老爷子泄了气，长叹："玩物丧志啊，玩物丧志啊！"退了出去。

莫子瞻说话倒还算话，以后，成绩日长，一直读到中学、大学，成绩一直处于前列，喜得莫老爷子逢人就夸："我莫家看样子要出红顶子，呵呵！"

可莫子瞻又一次让莫老爷子大失所望，并没有做官，更别说戴红顶子。

当时，已是民国，社会混乱，官场险恶，莫子瞻谢绝了部长的聘请，一身长衫，回到家中，守着莫老爷子，和偌大一份田产，吃不愁，穿不愁，日日品茶绘画，好不清闲。

这样大概过了三年，心闲生事，莫子瞻告诉莫老爷子，自己想到东洋留学。

莫老爷子说："读书，为了做官耀祖。你不当官，读那么多书干吗？"

莫子瞻说："东洋茶道，非常兴盛，儿十分羡慕，想去瞻仰瞻仰。"

莫老爷子知道儿子的脾气，打定主意，十头牛也拉不回，一声长叹，

任他去了。这一去，又是三年，再回来，莫子瞻已不是一身长衫的莫子瞻了，而是一身燕尾服，一顶礼帽一根手杖，外带唇上一撮仁丹胡。

整个丰城人都摇头长叹，背地里暗骂"假洋鬼子"，莫老爷子没有他法，唯长吁短叹。

最让丰城人和莫老爷子看不过眼的，是这小子还带回个日本娘儿们，一身长衫大袖，携一把蝙蝠伞，拉着莫子瞻的手，走出一路的招摇。

莫子瞻不当官，莫老爷子发愁；莫子瞻当官，莫老爷子更生气。

因为，莫老爷子当的，是日军的维持会会长。

莫子瞻回到丰城，几年后，日本人打倒了丰城，听说城里有一个日本留学生，还娶了一个日本女人。日军小队长小野听了，带了礼物，急急来拜访，请莫子瞻出山，说："为了中日亲善，为了大东亚共荣，无论如何请莫先生出山，力撑乱局。"

莫子瞻还没听完，一口应承下来，说："早应该如此，中日亲善，是我的夙愿啊。再说，我也算日本人的女婿啊。"说完，拉着日本妻子，陪小野喝酒，聊天，朋友一般。

小野高兴地哈哈大笑，放下礼物走了。

莫老爷子知道了，直翻白眼，指着莫子瞻，骂"畜——生——"话未说完，鲜血狂喷，当夜身亡，死时，遗言："生儿不忠不孝，自己亏对祖宗，用布盖脸，不入祖宗坟茔。"

莫子瞻一一照办，这一点倒做得毫不含糊。

以后，莫子瞻无拘无束，整日出入日本军营，如常客一样。小野队长也是茶道中人，特爱品茶，所以，每次来时，莫子瞻总会提着一盒子，里面或是茶叶，或是点心。小野接了，哈哈大笑，拍着莫子瞻的肩道："你的，皇军的朋友，我的朋友。"

莫子瞻总会点头哈腰，如一个大虾米，道："谢太君过奖，谢太君。"满脸阳光，仿佛得了一个金元宝。气得丰城人背后暗骂："狗！"

一日，是重阳节，莫子瞻又去了日军军营，提了一坛酒，一个大纸

盒子，放下，对小野说："今天是重阳节，按风俗，要喝酒，要品茶，要登高。所以，我就给太君送来了酒和茶。"

小野很高兴，留莫子瞻共饮，莫子瞻说还有朋友要会，一弯腰，匆匆走了。

莫子瞻走后不到一个时辰，一声巨响，那个茶叶盒子爆炸，竟是一枚改装的炸弹。日本军营，一片狼藉，小野和几个卫兵，都倒在血泊中。

日军气势汹汹，围了莫子瞻的院子，可大门敞开，连一声狗叫也没有，更别说人了。

莫子瞻早已进了山，参加了游击队。多年后，莫子瞻成了一位将军，仍然热爱茶道，戎马之余，总会让自己的日本妻子按日本茶道烹茶，品得有滋有味。

戒　　茶

饮茶，是有品位的：下品讲水质，上品讲心境。

水质中，泉水第一，井水其次，自来水最次。

这些，是陆仪说的。听听，蛮是那么回事的。

泡茶的水，应用炉子煮最好。一壶泉水，一个火炉，一把破蒲扇。不说喝，单是往那儿一坐，就是隐士中人。

但，煮水火候要掌握好吆。文火用不得，武火用不得。用文火，水沸较慢，水味含铁，泡茶时易坏了茶味。用武火，水沸过度，泡茶时易烫伤茶叶，败了茶色。

陆仪说完，抿一口茶，不喝，在嘴中轻轻一转，咽下，一脸高古

像，让我怀疑茶圣陆羽就是这个样子。

因为这，我称他"小茶圣"。他很不高兴，说茶圣就茶圣，咋还小茶圣。

陆仪是我的室友。刚刚参加工作时，我们俩分在一个单位，房子紧张，领导让挤在一室。搬到同一个房间时，我们相顾大笑，原来，我们都是一条被子，几本书，寒酸得可怜，但却都有一套讲究的茶具。一谈之下，原来都是茶道中人。因此，我们把自己的小房命名为"双茶庐"，很优雅的名字。

以后，每日工作结束，我们就对坐饮茶，大谈茶道。陆仪谈起茶，头头是道，还暗自告诉我，茶是他家事，他研究过，自己是陆羽的嫡系后代。说时，一脸得意，一脸阳光，让我很妒忌。

陆仪泡茶，用一只口杯，捏半把茶叶，放猪饲料一样。

最让人过意不去的是那只口杯，茶垢之厚，让人惨不忍睹。

一日泡茶，我看着自己刚洗的瓷杯，又看看他的口杯，讥笑道，陆仪，口杯要洗洗了。

他看看自己的口杯，又看看我洁净的瓷杯，有点不好意思，但迅即消失，既而得意地哈哈大笑，说，小子，这是茶功，懂吗？

一句话，让我哑口无言。

日子，就这样如杯中的茶水，由绿变黄，由黄变白。

期间，我辗转各校，依然白衣一个。上课教书，下课饮茶，闲时写写文章。

陆仪那小子，自从走出"双茶庐"，一路春风得意，先是教导主任，既而校长，不久当了教育局局长。

当了局长，茶瘾没断，回回检查工作下来，断断少不了要到我这儿喝茶。而且，知道我家有茶园，走时，一定要搜刮一点好茶，喜滋滋地，顺便挂句嘴，什么时候到我那儿去啊，去喝茶。

我说一定的，看看别人给领导贿赂了些什么好茶。

说归说，去的次数很少。一次，因小事路过，打个电话，他接了，力邀我去，说有好茶啊，不来可惜了。

我听了，鼻端无端地茶香缭绕，高高兴兴地去了。办公室里，不刚有他，还有一人。

见了我，他很高兴，让座，拿来杯子，一人一杯白开水。

我说，你不是让品茶吗，咋喝白开水？

他淡淡一笑，说，不品了，我早戒了。

我心说，你不久还在我那搜刮一包茶叶，什么时候戒了。可话到嘴边，看他一副正经样，又咽了回去。

哎——，官做大了，摆谱了。我想。

一杯水罢，那人起身欲走。他一把拉住，把椅上的一个包塞在那人手里。

那人说局长你收下吧，听说你爱喝茶，我特意送一点好茶，毛尖。

他笑了，说，你看，我已戒茶了，老朋友来，都陪着喝白开水，要茶没用啦。

那人看他态度很坚决，笑笑，尴尬地走了。

那人走后，我也站起来，说，局长，水也喝了，我该走了。

他拉住我，大笑，说，咋？叫你品茶，就一定有好茶等你。没品就走，你要后悔死的。说完，打开柜子，拿出一包，打开，青青的，一股醇香悠然而来，让人唾液满嘴。

这是地道的铁观音，稀罕物。妻子前几天在外面捎回来的。他说。

我诧异，你不是戒茶了吗？

他狡猾地一眨眼，说，在别人面前戒茶，在你小子面前，我依然是"小茶圣"。

一句话，说得我恍然大悟。

那天泡的茶，我俩喝得点滴不剩。走时，他又送了我一包。可是，回来后，我怎么也没有喝出那天的味儿。

事后，我想，那天，我们不是品茶，而是在品一种心境，一种风清月白、冰雪梅花般高洁的饮茶境界吧。

那么，我们可真算茶圣了，尤其他。我想。

小巷女人

雾，淡淡的，音乐一样流淌着，飘染着。

小巷，在清晨的薄雾中，如依稀水墨中烘托出来的。小巷后面，是微微皱起的远山，是山上的寺庙，是寺庙里一杵一杵的钟声。

在小巷里漫步，耳旁，灌满清凉的钟声。心，也如水洗过一样白亮，悠闲。

清静中，小巷的那畔，响起了一声又一声的高跟鞋声，清脆，悦耳。

转过街角，一个女人的影子在纱一般的雾里走出，越来越近，在清晨的光中，纤纤一撇，柳条一般。

女人穿一袭旗袍，素色的，在水一样清凉中招展着，招展着一种高雅，一种美丽，一种古典。

女人的脸如所有小巷女人的一样，白白亮亮，见人一笑，眼光亮汪汪的，如一片早晨的阳光，照在人的脸上，让人感到一脸清净。心，也顿时明亮一片。

女人手臂上挎着个篮子，里面装着几棵菜，水灵灵的。还有一束葱，水嫩水嫩。

大概看我在注视她，女人望过来，一笑，脸上的一对酒窝里荡漾着明媚的春天，让人仿佛面对着春风，绿草，和三月的花香。然后，鞋声叮叮地走了，很优雅地走进小巷深处。望着那绵软的身子，一时，让人疑惑，真不知是小巷装点了女人，还是那女人装饰了小巷。或许，二者兼而有之吧。

无言地伫立在小巷的雾中，我想。

再一次看见女人，仍是在小巷中。

那时，我刚走出门去，看见对面街角处，女人正隐在一架紫藤

102

花下。

正是春夏之交，紫藤的嫩条长长地铺展开，遮住了半边墙。绿影筛墙，碧波荡漾，把一面粉墙都映成了绿色。风一吹，绿色直沁入人心。

紫藤旁，有一架扁豆花，花开一架，翩翩如蝶。

女人隐在花架后，一条碎花裙子。脸上，绽放出两朵笑，绰约，白净，如扁豆花开。

她见我，一笑，算打招呼，不说话。

我不知道她躲在那儿干什么，可由于素不相识，又不好多问。再说，听说最近小镇有些不三不四的女人，经常干一些让人脸红心跳的事。

我无来由地在心中感到可惜，可惜那一架花色，可惜了这婉约的小巷，也可惜了——究竟可惜了什么？自己也说不清。

夹着书册，我头也不敢回，走了。

我怕一旦被那种女人缠上，就会说不清。

晚上，我把自己所见的情景告诉了在幼儿园工作的妻子。妻子听了，白了我一眼，说，你们这些男人哪，总会往邪里想。那是我班一个学生的妈妈，来接自己的儿子。

我问为什么那样做啊。

妻子说，亏你还是老师呢，什么也不懂。说完，洗衣服去了。

第二天，我特意观察起女人来。女人出现在我的视线里，还是在小巷的拐角处，依然在扁豆花架后，一身白衣，端庄如一片雪花。

为了弄清妻子昨晚的话，我站在自家的楼上，隔着玻璃，悄悄地观察起来。

女人没有注意到有人看她，全神贯注地望着墙那面的一个院子。那边，正是幼儿园。只听到叽叽喳喳的一片清亮之声，正是幼儿园放学的时候。

阳光下，一个个孩子如一只只鸟雀飞了出来。门外，一个个大人都张着双手，把扑向自己怀里的一张张小脸拥进怀里，亲了又亲，背在背上，向远处走去。

103

只有一个男孩，娇嫩得如一个花骨朵，背着书包，在小巷中慢慢地走着。

孩子走过扁豆花架，一心一意地径直向前走。

突然，孩子被石子绊了一下，摔倒在地上，四边看看，没有一个人，瘪瘪嘴，爬起来，拍拍身上的尘土，背着小书包，一步一步向前走去。

一个三四岁的孩子，竟如此的笃定，坚强，让我心里很是欣慰。

孩子走得很远了，女人才从花架下走出来，走到孩子摔倒的地方，拾起绊倒孩子的那块石头，放在路旁，然后跟在孩子的后面，走了，一直走向小巷的深处，孩子离去的方向。

小巷里，阳光照着，明亮一片。

设 置 陷 阱

宽坪这地方虽说是山里，倒也安静，从没出现过狼患虎害的。宽平人说，这都是三伯有威风，老猎人，身上自有一股杀气，野兽嗅着，哪个不怕？

可不知从什么时候起，宽坪的后山上来了两只虎，一大一小，打破了沟里的宁静。

尤其那只大虎，眼如铜铃，牛犊子大，谁见了不怕？就连老猎户三伯家的那几只猎狗见了，都吓得夹着尾巴，软了腰，一个个直淌稀，再也不敢耀武扬威地狂吠了，气得三伯暗暗直骂"阉货""胆小鬼"。

这家伙进村吃羊，吃猪。有一夜，竟钻进李大头的牛圈，咬死了一头牛犊子，咬伤了几头大牛。

这一下，宽平村炸了锅：这还了得，现在吃牛，过几天还不下山吃人。

几个小伙子拿着大刀弓箭进了山，可出山时，一个个垂头丧气，不但没打着虎，还有一个小伙子丢了只胳膊，不是大家援救得快，只怕小命也会搭上。

没法，大家只有去找三伯。这老汉，一生打得野物无数，不信就没有治这头虎的方法。

大家伙说明来意，三伯不答，吸着烟，一口一口地喷着，未了，说，我也着急哩，这只老虎身强体大，又是个滑头，不好应付哩。

有人急了，说，不好应付，总不能让它随意糟害人吧？

三伯又吐一口烟，慢吞吞地说，治，也不是没办法，但非得捉住那头小虎崽子不可。

打大虎和捉小虎崽子有什么关系，大家不清楚，可三伯说了，捉就捉呗。

第二天，这群小伙子就进了山，瞅大虎没在洞中的空儿，捉只小虎崽子还不是手到擒来。

那小家伙还在洞里打鼾呢，睡意蒙眬地就被送到三伯的面前。

三伯用铁链将小虎拴了，又在村口下了钢夹子，然后拍拍手，说，得了，大家都散了吧，明天一早到这儿来抬虎。

大家不信，可不信不行。三伯啊，一生都没说过笑话的人。

晚上，大家卧在床上，睡不着。听着外面老北风"呜呜"地刮着。突然，传来虎啸声，悲伤，苍凉，一阵阵的让人心寒。渐渐地，声音越来越近，靠近村口，变成了狂吼，慢慢的，又小下来，没有了。

宽平村的大人小孩都松了一口气，安然地睡了。

第二天，大家来到村口，没有虎。钢夹里，只有一只虎的断腿。一溜血迹弯弯曲曲伸向远方。

三伯看看树林，再看看铅灰色的天，有几朵雪花儿零散地飘下来；又拿起虎腿，看着结在上面的血冰，说，明早到打谷场去抬虎吧。

大家伙半信半疑，看看三伯严肃的脸，散了。

三伯把小虎崽子牵到打谷场上，绑在一棵古树干上，转身，拍拍手，胸有成竹地走了。

那一晚上的宽坪，雪铜钱片子一样大，下了一夜。梦中，人们都会听到枯树枝"咯吧，咯吧"的断折声。

第二天早晨，雪停了。大家伙踏着大腿深的雪来到打谷场上。三伯早已等在那儿。

虎呢？虎呢？！

大家来到三伯身旁，才看到一座高高隆起的雪堆。拂开厚厚的积雪，下面卧着那只老虎，圈颈眯目，一副温情和蔼的慈祥样子，早已失去了往日的凶狠。

村人吓得不轻，有几个转身欲跑。

死了，怕什么？三伯沉沉地说。

有胆大的走过去，准备掀翻那老虎，三伯狠狠地说，抬。那脸，严肃得出了水。

大家抬起老虎，下面，竟是那头小虎崽子，卧在那里，打着鼾呢，不知梦里在吃什么，哈喇子流得老长。

这，都是三伯算计好了的。

老虎看见小虎绑在谷场上，一定会来救，可铁链子怎么咬得断？大雪纷飞中，它没有别的办法，为了给小虎带来温暖，使小虎不被冻坏，它就卧在小虎上面，抵挡风雪，寒冷。最终，它由于连冻带伤，死了；小虎崽子活了。

一村人都松了一口气。三伯却十分沉重，走到那个已结成冰疙瘩的老虎面前，沉沉地说，我这也是无法，谁让你闹得太不像话。你放心吧，我会替你把你的儿养大，放回山林的，你就闭眼吧。

奇了，据几百年后的宽坪后人们告诉我，那老虎的眼角竟渗出两滴泪来，慢慢地闭上了眼。

三伯抱起那只小虎崽子，排开众人，走了。从此，大家再也没有见到过他，当然，还有那只小虎。

失衡的心灵天平

　　每个学生的心中，都有一架天平。可是刚进入初三，我的那架天平就失去了平衡。

　　那个学年开学，刚刚转学的我，初来乍到，看着陌生的校园，陌生的面孔，鼻子里感到酸酸的，有种说不出来的孤独。怀揣着一颗忐忑不安的心，上完第一节课，到了第二节，就是班主任的，是语文。听说班主任是一位很漂亮的女教师，特别温柔。自己虽然年少，可心里却有一份期待，不为别的，只为了获得一份慈爱，来抚慰自己那颗孤独的心。上课了，满怀希望地眼巴巴望着老师，还有那水灵灵的眼睛，很希望老师能注意到自己。

　　由于是上第一节课，班主任首先点名，声音脆脆的，柔柔的，很好听。那时，我坐在靠窗的一个不起眼的角落里，窗外有棵梧桐树，叶子绿得如梦，让人感到赏心悦目。有几枝伸到窗口，伸手就可以采摘到一片。这，是我唯一的安慰。可这会儿，我再也无心观赏梧桐树叶了，而是聚精会神的，生怕漏掉了自己的名字。点到我时，我响亮地答一声道"到"，声音有点颤抖，并举起了手。老师并没有抬眼，也没有把眼光望向我，毫不停留，继续向下点去。一阵微风吹过，梧桐的叶子轻轻地摆动，把教室墙上荡漾成了一片绿色，可在我的心头，却已不再那么美丽。我的心里，沁进微微的冷气，薄凉薄凉的。

　　我从此更加孤独，更加沉默寡言；由于其貌不扬，也很少引人注意。

　　由于心情郁闷，我所引以为自豪的成绩，在后来的日子里，一步步下滑，达到了令人吃惊的地步。我很希望班主任能找我谈谈心，或者哪怕批评我一顿也好。可是，一切都风平浪静，在班主任的眼中，仿佛没有我的存在，她，也仿佛没有这样一个学生。

有时想想，这样也好，没有旁人的介入，我一个人默默地享受着我的寂寞，还有墙角的那一片风景，同时，也享受着自己那些或悲或喜的心情。有时，在日记中写下来，一个人品咂着。

五六个周之后，老师排了座位，我向前移了两排，仍然靠着窗子。这个时候，梧桐叶子已经发黄，一片憔悴，憔悴得让人伤心。坐在这儿，我的心，又泛起微微的希望，希望老师能注意到我，并喜欢上我。可是，随着时间地流失，这份希望也被时间一天天冲淡。

一天，老师用手指指指我，我满脸阳光地站起来，老师说："那个谁，去，去办公室拿一盒粉笔。"我脸上的那一片阳光，迅即凝成了冰霜。

半个学期就这样波澜不起地过去了，窗外的梧桐叶在风中片片坠落，最后，只剩下光秃秃的树干，就像我，孤独而寂寞，在寒风中飕飕发抖。

那时，鬼使神差地，我爱上了写作。一天，不经意地写下了一首小诗《秋叶》，很喜欢，于是鼓足勇气，拿去给老师，希望能帮我修改一下。在楼道里，老师接过稿子，什么也没有说，离开了。

以后的日子，我满怀希望地等待着，可老师迟迟不把稿子还给我。几次想问，欲言又止。那天，是个阴天，刚好从老师窗前经过，一团废纸扔了出来，落在我的身上。我拾起纸团，展开一看，呆住了，这不正是我前几天送给老师，请她修改的《秋叶》吗？现在，上面已经皱得看不清字迹了。我的心中，阴云密布，小雨淅淅沥沥地下着，从我的眼中，也从我的心中。

几天后的一个早晨到校，同学们都用一种异样的眼光望着我，有敬佩，也有羡慕，让我丈二的和尚——摸不着头脑。正在这时，铃声响过，是语文课，班主任走进来，看着我，满面笑容地说："你的诗发表了，了不起，真有写作天赋啊。"这一刻，我才恍然大悟，同时，心里又是欣喜，又是惭愧，原来，是自己误解了班主任老师了。

那天的课，我听得特别认真，也领会得十分到位。我感觉到，学习，是如此的有意义，也是如此轻松愉悦的一件事。这种感受，已经离开我整整几个月了。

不知不觉，四节课结束，放学了，我兴冲冲地回到家里，想把这个好消息告诉父母，却发现家里的桌子上摆满了好吃的饭菜。我高兴地想，一定是妈妈也知道我发表了作品，所以特意犒劳我。我高兴地放下书包，这时，妈妈走过来，手里拿了一份报纸："知道吗，你的诗发表了？上次帮你收拾房子时，无意中看到它，写得很好，就替你投了稿。"一句话，让我的心感到一阵疼痛。我一把夺过报纸，几下撕得粉碎，泪水，雨点一样向下落。"谁让你帮我投的，谁让的？"我哭喊着，跑进房子。门，在身后重重关上，也把大惑不解的妈妈关在了门外。

第二天再走进课堂，老师改变了以往的态度，把那些曾经只用于优秀生身上的词语，毫不吝啬地加到我的身上，这对曾经的我来说，该是多么奢侈的享受啊，可是现在听来，不但毫无兴奋的感觉，反而分外觉得刺耳。

寻 找 生 命

这是抗战即将结束时发生的一场战斗。

在西南的大山里，中日两支部队突然遭遇，双方展开了一场激战。

战斗中，将军的部队取得了明显的优势。

日军虽勇，已是强弩之末，在将军部队的冲击下，溃不成军，伤亡殆尽。最后，逃出战场的，仅有一名日军。

战士们举起枪，被将军拦住了。将军放下望远镜，说，还是个娃娃呢，去找回来，否则，那小子躲在山上是死定了。

战士们听从将军的命令，进山去找了两天两夜，一个个垂头丧气地

回来了——大山的深处，找一个人，难如登天。

将军望着远处的大山，山上云缠雾绕，夕阳如血，染红了将军的双眸。将军的眼前又一次浮现出一张十八九岁的娃娃脸，一声声地叫着"爹，救我，我不想死"，那血，一口口吐出，吐得将军热泪盈眶。

战争有罪，可生命是无罪的。将军想。

将军用巴掌抹去脸上的热泪，招来一个侦察排，亲自领着上山去找。他不信，一个十几岁的娃娃，能上得天入得地？

将军要找的那个日本兵——准确地说，应是个日本娃娃——就躲在山上，躲在离将军军营不远的山上，弹尽粮绝，坐以待毙。两天两夜了，他没吃一点儿东西，没喝一口水。孤零零地一个人藏在大山里，听着狼嗥狐叫，他的心里害怕极了。毕竟，他才十七八岁。

他想家，想年过半百的父母，更想接近人。但此刻，他又最怕遇到人：八年了，他们在这儿种下了太多的罪恶，山下是一片愤怒的海、一片复仇的火，他下去，会被淹死、焚毁。

第二天下午，隐隐约约地，他听到了响动。有气无力地抬起头，他大吃一惊：他看到一队士兵在一个魁梧身影的带领下，向这边走来。

是来捉他的，他想。

他转身，拄着一根棍子，一步步向山顶爬去。风吹草动，也引来了将军和将军的士兵们。夕阳下，一个逃，一队追，逶逶迤迤。一群黑黑的人影来到了一处悬崖。

前面，是悬崖。后面，是一排明晃晃的刺刀。

他绝望了，抬起头，向遥远的天边望去。那儿，海的那边，有他的父母和樱花如雪的故乡——这一切他再也见不着了。他不想死，他还没活够，可他又不得不死。

他拄着棍子，一步步向崖头走去。

"站住！"一声大喝，让他一怔。

年过半百的将军向他走来。

"孩子，别干傻事了，战争就要结束了。"

"不，我绝不会做你们的俘虏。"

他年轻的脸上，露出桀骜不驯的神色。

"不会的，你还是个娃娃，我们不会把你当俘虏的，我们会把你送回国，送到你父母那儿去。"

他摇摇头。他想活，但他不信。

将军举起右手，五指向上，庄重地说："对着这里的山，这里的树，这里的每一个人，我以一个军人的身份，更以一个父亲的身份向你保证，我说到做到。"

面对着这位老兵，这位慈祥的将军，这位伟大的父亲，他心中的一层坚硬的外壳慢慢融化，泪水一串串滚了出来。

"活着多好啊，再别让你的父母为你伤心了。"将军拍拍他的肩，伸出左手，手里，赫然是一个馒头。

"扑通"的一声，士兵跪下，这是一个军人对另一个军人的服膺，是仁义、慈爱、人性对帝国荣誉的征服。将军扶起这个和自己儿子差不多大的娃娃。他的泪流了下来，他又一次想起了自己的儿子，那个战死沙场的娃娃，那个吐着血，一声声叫着"爹，救我"的娃娃。

那小子要是还活着该多好啊，他还没活够，还没尝够生活的滋味呢。将军想。

青瓷赝品

小镇漫川，五水环绕，地灵人杰，其中名人，首推王三奇。王三奇原名王子翰，年老退休，赋闲在家，日常无事，画几笔画，赏几件古董，把个小日子过成了隐士。

王三奇的奇，一是绘画。散淡几笔，几茎兰草，无风自摇。叶

间淡淡几点，几瓣兰花如蝶，清新淡雅。画旁题诗"兰生空谷，无人自芳"。

王三奇画画，不卖不送，独自赏玩，自得其乐。

二奇是赏古玩。一日，在古玩摊经过，见一破损瓷器，内画一鱼。瓷器已残缺，放在那儿，无人问津。王三奇拿着敲敲，袖中伸出二指，说两千元，卖不？

摊主大喜，想这破瓷，从无人问，两千就两千。

成交之后，王三奇拿着青瓷，回家一洗，倒上一杯陈年老窖，只见清冽的酒内，杯中鱼儿须尾皆动，活了一般。

据说，这瓷，竟是当年元代宫廷珍品，第四天，就有人上门来买，给价十万，王三奇捋须一笑，道，万金不卖，遑论十万。

来人无语，悻悻而退。

而最让漫川人津津乐道的，莫过于第三奇了，那就是偏。老头子的偏，达到了极点，算得上小镇古今无二。

据说他当校长时，一日在教室外经过，听一年轻的生物教师上课，给生物定义道，这么说吧，天上飞的，地上跑的，都是生物。

他瞪圆了眼，敲门喊，小伙子你出来，出来！

小伙子不知发生什么事，忙跑出。他问，天上飞的飞机，地上跑的汽车是生物吗？一句话，让小伙子目瞪口呆。

还有一次炊事员抱些柴进厨房，枝梢向后翘着，他见了说这样稍不注意，枝梢就会伤到学生的眼睛。

炊事员偏不认错，以为没啥。

这让老头子十分生气，为了让炊事员牢记这事，马上命令把柴抱出来，重新按他的要求，截短了再抱回去。

气得炊事员当天饭也不做了，辞职回家。而这炊事员，正是他的妻子最偏的，莫过于后来发生的事。在他获得青瓷不久，儿子王小小就官运亨通起来，由教师改行，进入政界，副科长、科长，最后一跳，做了市长办公室主任，别说镇里、县里，就是市里，也成了风光人物。

这其中，不说别人啧啧称奇，就连王三奇也连连称叹，说论才吧，

儿子才能也并不突出啊；说是后台吧，数遍三服之内，自己也没一个台上人啊。

这实在只能归结为这小子命好。王三奇想。

大概在王小小当主任半年后吧，王三奇过生日，市长亲自来祝寿。市长出马，全市官员，谁敢落后？一时车水马龙，兴奋得王三奇老脸发光。

酒过三巡，菜过五味，市长提议看看那青瓷。

王三奇趁着酒兴，进了内室，拿出一个绸包，打开，一个檀木盒；再打开，一件青瓷赫然在目。王三奇得意地拿出，倒一杯烈酒，那尾鱼在酒中展翅摆尾，栩栩如生。看罢，马上宝物归盒，抱入内室。

再出来时，市长连夸宝物宝物，难怪王老先生十万元不卖了。

王三奇一愣，问不知市长怎么知道？

儿子压低声音说，那是市长派的人。

王三奇一言不发，儿子在旁边扯扯衣袖，说爹，市长今天给你这么大面子，再说没少照顾我，那瓷器——

王三奇抬头，见市长火辣辣的眼睛望着自己笑，就一咬牙，说，好的，既然市长要，老朽礼当献上。

说完，进了内室，再出来时，抱着绸包，可人老体衰，一不小心，摔倒在地，大家忙去拉起，打开木盒时，青瓷已经雪花粉碎。

满堂人长叹，市长更是脸色灰白，转过身，一摔袖子走了。

几天后王三奇抱着一个木盒，去了省博物馆，打开木盒，里面，赫然是那个青瓷珍品。

白小树盗狗记

　　大山在远处一抹，淡淡一痕，突然一颤，打了个皱褶。白小树的家，就在大山的皱褶深处。

　　第一次见白小树时，他正睁大着眼睛，望着我。

　　我说："白小树，走，上课去。"

　　那时，我们学校办复读班，我刚调去，当班主任，上门走访，动员白小树复读。

　　白小树望着我，满眼喜色，但一瞬间喜悦消失了，眼睛里升起了忧伤，如山里升起的一袭雾。他摇摇头，不去。我再想劝说时，他却给我招招手，跟着同伴走了，上山砍柴去了。

　　我也无奈地离开了，想，明天来早一点，做他爸妈的工作。

　　第二天，我起了个早，冒着雾气，踏一地鸟鸣，翻了几道山梁，拐了几个大弯，再攀了一段山崖小路，到了白小树的家。

　　白小树的爹妈见了，很感激，抹着眼泪，说娃说了，出去挣点钱，挣够了，回来复读，不能每年靠学校补助。

　　我沿着白小树爹的手指向山外望，望出了一片的烟雾，还有鸟鸣。

　　白小树走了，很长时间，再也没有听到他的消息。可我的眼前，老是晃动着一双眼睛，亮亮的，很有灵气。

　　这是一块读书的好料子，可惜了。

　　再次听到白小树的消息，是听到白小树同村的学生说的，他也没有亲见，也是听别人说的。

　　白小树在城里出事了，出事的原因很简单，也就是向老板讨要工钱。

　　白小树进城，没有别的手艺，又想多挣点钱，就没有干站门洗碗的活，而是给建筑队搬砖。

　　搬砖，累，重，这倒在其次，关键磨手。两天下来，白小树十个指尖鲜血淋漓，没法，买双手套，可不久手套也磨烂了。

　　但白小树却很高兴，手指和手套越烂得快，说明砖搬得多，钱越来得快啊。第一个月九百块，第二个月一千一，到第三个月就一千二了。

　　白小树想，攒够了钱，就回去，就复读，好考学。

　　可是，过了一段时间，白小树才明白过来，挣钱难，要钱比挣钱更难，挣够五千块后，白小树想结账，回家。

　　老板说："干满这个月，干满了就给。"

　　白小树无奈，想想，已经过了半个月了，干满就干满吧。一个月满之后，白小树又去找老板，说："老板，我要回去，我想读书。"

　　老板打着嗝，说："没呢，下个月吧。"

　　白小树说："下个月学校就开学了。"

　　老板不高兴了："不就是几千块钱吗，说下月给就下月给。"

　　白小树知道老板要赖账，急了，跪下，说："求你了大叔，给我吧，我想用钱读书。"

　　老板站起来，向前走，说没有就没有："喊爹叫娘也没有。"

　　那晚上，老板娘养的那只卷毛小哈巴狗就不见了，那可是老板娘的心肝宝贝啊，是花了十万元在市场买下的啊。

　　老板急了，跳脚大骂，发誓要捉住那个小偷，挑了他的脚筋。

　　这小狗，是被白小树偷了去。

　　白小树想用这狗来要挟老板，要回自己工钱。

　　可把小狗用袋子装回自己租住的破烂不堪的小屋，白小树又犯愁了。这小狗，在老板家每日吃牛肉，喝牛奶，在这儿拿什么喂呢。

　　白小树望着这小家伙发愁，而这小家伙也好像满肚子委屈似的，耸着鼻尖，东嗅嗅，西嗅嗅，不停地如小孩子一样哼哼。

　　白小树用手摸摸那圆滚滚的身子，小家伙就紧紧靠着他的手，用鼻尖亲吻着白小树的手，凉凉的，软软的，一边哼着，如小孩撒娇一样。

　　这是一个蛮有灵气的小家伙。

　　白小树笑了，泡了包方便面，拿来，小家伙嗅嗅走开了。

　　白小树傻了眼，他常常看见老板带着小狗，喂小狗牛肉干，可自己从哪儿弄来啊？

　　白小树这回才感觉到自己做了件多么可笑的傻事。

　　为了不至于让这只小可怜饿死，他忍住肉痛，去割了一斤牛肉，拿回来。煮熟了，撒上盐，切成块，喂这小家伙。看着小家伙狼吞虎咽的样子，白小树的喉结一动一动的，从小到大他可没尝过几次牛肉啊。他真想也尝一块，可一想十几块钱一斤，是家里半月零用钱，又忍住了，只在心里妒忌地骂："狗东西，美得你！"

　　小狗吃饱了，就撒欢，就和白小树嬉闹。

　　白小树的脸上露出了笑，亮亮的，十八岁的笑。

　　慢慢地，他竟舍不得这小狗了，可舍不得不行，这小家伙，胃口很好，很娇嫩，白小树知道，自己是养不活的。

　　白小树在公用电话亭打了个电话，给老板，学着电影里的黑社会样子说，想要你的小狗，把六千元钱放在砖厂对面的那个画了圆圈的垃圾箱里，你的狗就会回来，不然，烧狗肉吃。

　　白小树笑了，觉得自己的计划天衣无缝，也为自己演技而得意非常。

　　白小树提前在砖厂的一个垃圾箱上画了一个圈，到了约定时间，早早地喂饱小狗，在那黑黑的鼻尖上吻一下，说："走吧，送你回家。"然后，放在袋子里，提着出了门。

　　到了指定的地方，白小树四周望望，没人，飞快地把手伸进垃圾桶，拿出一个纸包。然后，把拱动着的小狗抱出来，往垃圾箱边一放，就跑。

　　他想赶紧到电话亭去打电话，让老板来领狗，别让狗被别人抓走了。

　　可在他跑过马路时，听到后面有狗叫声。他回过头，原来那只小狗也跟了过来，如一只线球，滚过马路。后面，跟着老板，还有一群人。看样子，他们早已埋伏在旁边等候多时了。

　　这时，一辆小车疾驶而来，向小狗冲去。

白小树头脑一热，转过身子向狗跑去，一把抱住小狗。小车也一声刹车，把白小树冲得高高飘起，如一只硕大的风筝。

白小树落下来，怀里的小狗，还在哼哼唧唧地叫。

半年之后，来到大山深处，我又看到了白小树，拄一根拐杖，一走一瘸的。我轻轻地抚摸着他的头发，长叹："你这孩子啊，真傻！"

他说："老师，那也是生命呢，"说时，眼睛亮亮的，如露珠，让人的心里一片圣洁；眼中，一片雾气。

我说："走吧，跟我一块儿去读书吧，我给你在学校找了份工作，一边读书，一边管理图书室，这样，就不用学校补助了。"

"真的吗？"他惊喜地叫，把十八九岁的天空叫得喜气洋洋。

我点点头，眼睛望向山外，雾散了，太阳照了满山。

好明亮的太阳啊！我想。

抓　　贼

爹一上车，就有一点感到手脚没地方放。

一车人，除了爹外，个个都衣服光鲜。爹在这些人中，就显得很不入眼，爹穿的衣服虽然洗净了，可仍黑乎乎的，是长时间煤灰侵染的。爹那被煤块蹭得龟裂的手上，提着个蛇皮袋，里面装着散发着霉味的被子。爹知道，车里的人都不欢迎他，但他还是上来了，他要坐车，去火车站，然后回家过年，他去了煤矿，一年都没回去了。

爹谦卑地笑着，点头，没人理。爹找座位，空位很多，但有的上面放着皮包；有的放着纸箱；有的干脆一个人横斜着，占着两个位子。

爹知道，这都是不想让自己坐的表现。哎，谁让自己是煤黑子呢！

爹轻叹一声，眼睛四处张望着，突然，一亮，找着一个空位。

爹走过去，轻轻坐下。旁边是一个女人，唇红齿白的女人，在向窗外望着，招着手。风吹着，身上有一缕细细的香味飘来，很好闻。

爹伸了个懒腰，很感激女人，毕竟，她没有嫌弃自己啊。

女人回过头，很优雅地准备对爹笑了一下，可不合时宜地发现了爹龟裂的手，黑乎乎的衣服，还有放在脚边的散发霉味的蛇皮袋。

女人好看的丹凤眼皱了一下，道："这有人坐。"

"哪儿？"爹问，很小心。

"你说哪儿？"女人的话如腊月的风，很冷，同时，红润的嘴唇撇了一下。爹无奈地站起来，东望望西望望，又无奈地把蛇皮袋放在女人对面处的空处，然后坐下。

女人哼一声，拿出个镜子，细细地照着自己。

在车快开动时，一个西装领带的小伙子上来了，看到女人身边一个空位，走过去，问："请问，有人坐吗？"

女人莞尔一笑，摇摇头。小伙子笑笑，坐下来。

车动了，摇摇晃晃，把一车人的瞌睡不一会儿就摇上来了。可爹没睡，爹不敢睡，爹身上还装有一千来块血汗钱呢，这是老板给的一点过年的费用，千万不能出了差错。

爹闭一会儿眼，睁一会儿眼，然后又闭一会儿眼。

就在爹闭眼的会儿，传来一声叫，是对面女人："我——我钱被小偷偷了。"一车人顿时醒了，忙摸自己的衣兜，然后一个个长吁一口气，闭上了眼。

女人望望身边的小伙子，又转了眼，望着爹，一指道："你刚才在我身边坐过？"

爹慌了，张口结舌："在你身边坐的人不止是我一个呀？为什么你就疑心我？"

小伙子笑了，望着爹，眼光如刀："乡巴佬，你意思是怀疑我啰？""啰"字拉得很长，爹在那"啰"声中，汗出来了。

一车的人望着爹，都看到了爹头上的汗，起哄："搜，一定是他，

不然怎么流汗。"

女人在大家的鼓励下，就要来搜爹的衣服。爹急了，不答应，因为爹身上装有自己的血汗钱哪。几个人义愤填膺，走上来，抓住爹的肩膀，威胁道："这是城里，你以为是你们乡下啊，可以无法无天。"

女人手伸进爹衣服内，掏出一个小心绑着的包，打开，一沓钱红红的。

女人理直气壮的一个耳光，打在爹脸上道："贼。"

爹嘴角流出了血，望着自己的血汗钱将被拿走，急了，忘记了所有忌讳，喊道："那是我的钱，你的钱是用红皮包装着的，我的用布包着。"

"你怎么知道是红包包着？一定是你。难道不会拿到手把红包扔掉，再包上布吗？"女人旁边的小伙子也在帮腔。

爹再也忍不住了，一下子挣脱别人的手，一把抓住小伙子大黑皮包，拉开拉锁，拿出一个红包，对着女人吼："看好，这才是你的包，才是你的钱。"

女人接过包，打开，呆住了。

那个小伙子冷冷一笑，拿出一把匕首，一车人，包括那女人，都乖乖坐下了。小伙子嘴角噙着笑，拿着匕首，一步步向爹走来，道："乡巴佬，我放你的血。"

一车人，都缩着脖子。

爹向后退着，一边解开蛇皮袋，手一伸，拿出一柄短把镐。爹豁出去了，骂："狗日的，我一镐能劈一百斤大一块煤，还劈不了你脑袋？你来试试，看你的头硬，还是煤块硬。"

小伙子傻了眼，僵在了那儿，接着嚷着要下车。爹来了劲，掌着镐，站在车门边，一声吼："车开到派出所去，哪个狗日的敢下车，我让他站着上车，躺着下车。"

一声吼，一车人，包括那个贼，都傻了眼。

到了派出所后，爹走了，很勇武地回了家。那个新年，爹没别的故事，就这一件事，足足讲了一个月，让我们小村足足光荣了一个月。

第六辑

小镇汤铺

品　　虫

　　品虫，是一种雅事。品虫者爱虫，绝不会像斗虫者那么残忍，那么血腥。品虫者也用笼子养虫，也斗虫，但那种斗，是比叫声。一般情况下，三五个虫友，提着各自的笼子，来到先一日约定的地点，或是草坪上，或是林阴下，或在山石上，进行比赛。

　　这种比赛，是不需要裁判的。再说了，大家在一块，是偷个乐，偷个轻松愉快，兼带着，切磋一下养虫的技巧而已。所以，赢了的，固然高兴；输了的，也轻松愉快。

　　比赛的胜败，自然是虫友们集体说了算。如果不服，可以说出所以然。否则，算要横，是虫友们最讨厌的，以后，谁也不会和你品虫。所以，虫友们，没有谁愿意这样做。一般的评价是：虫鸣清亮圆润的，算胜者；厚拙短促的，毫无疑问，是失败者。而间或，也会发现叫声洪亮雄浑，如铜板铁琵的，那是少有的虫中隽品。若评为隽品，虫主必得请虫友们撮一顿，以示庆贺。

　　这些，是我们丰河当年的品虫规矩。可惜，从王二少死后，这样的规矩逐渐湮没无闻了。

　　丰河王二少，是当年少有的虫痴，整日无事，唯品蟋蟀为务。一日半斤虾，虾肉虫吃，虾壳油焖下酒，两盅一下肚，晕晕乎乎，听个虫鸣，好不舒坦。

　　据说，当年，为了弄到一枚蟹壳青，那家伙不惜下了血本，一次就

送给人家两个绸缎铺、二十亩上好水田，外带一百块银元。气得她妻子整整一个月没和他说话。王二少说："不说话还好些，蟹壳青的叫声比她的声音好听多了。"说得妻子直翻白眼。

谁知那虫到手，还没到三个月，就一命呜呼了，也让王二少狠狠病了一场，人，整整瘦了一圈。

大概在王二少二十六岁上吧，日本人进了丰河。那天，王二少几盅小酒下肚，感到有点乏，就躺在竹榻上听虫，正悠闲呢。看门的进来说，有人拜访。王二少蒙眬着眼道，就说我不在。

"先生好清闲。"来人就跟在看门的身后，连连鞠躬，"不请自来，多有打扰。"

这来的是日本军曹井上村雄。

王二少站起来，拖着眼皮，打着呵欠，说："不请自来，在这个世上是常事，谈不上打搅。"一边让座。井上村雄没坐，却对那虫赞不绝口："声疾而清，厚而不浊，亮脆如玉，必是名虫无疑。"

一句话，说得王二少的心一激灵——咋？这是一枚罕见的红砂青，人家一语道破。小鬼子，不简单。

从此，他和井上村雄成了虫友。一只笼子一个罐，无事就到一块品虫，但约法三章，只品不斗。

井上村雄的理由是，人间血流成河，何必让虫们遭灾。

王二少理由更充足，品虫就品个味，玩个悠闲、宁和，斗啥？

也是活该有事，一次品虫之后小酌，井上村雄醉了，指着王二少六岁的丫头说："我的女儿要在，也这么大了。"

原来，井上村雄家杂东京，有一妻一女。前几天美国飞机又光顾了东京。

据那边亲戚来信讲，他妻子死了，女儿也不见了踪影。

王二少很同情，说："还是想法回去看看吧。"

井上村雄摇摇头，满眼是泪，站起来一歪一斜地走了。

第二天，王二少就被日本人抓了。一同被拉上刑场的，还有井上村雄，逃跑未果，被抓了回来。

见到王二少，井上很难受，说："王先生，连累你了。"

王二少笑笑，道："没啥，咱是虫友嘛。"

枪响，人倒。

据丰河老辈人回忆说，王二少那小子，硬气，到死都没软蛋。

就在二人死去的地方，不久，虫密如雨，每到黄昏，有人去捉时，丰河老辈人总说，别价，这是王二少与井上村雄在品虫呢，他们爱清静。

薛 十 七

薛十七是地痞，地痞，不一定只会撒泼打架，还有一定能耐。薛十七有一杆枪，而且枪法贼准。

一日，镇长的公子在街上横着走，一街的人都纷纷回避，薛十七偏不，迎面往前撞。镇长公子恼了，骂："狗东西，瞎了眼！"说着，举起巴掌就打。巴掌刚举起，只听"啪"的一声枪响，镇长公子右手中指断为两截，鲜血淋漓，鬼哭狼嚎，一路跑了回去。

薛十七眯着眼，嘬着嘴，吹去枪口上袅袅的烟，一声哼，也走了。

当夜，县里的保安团来到镇上，声称薛十七是土匪，要捉拿归案。薛十七闻风而逃，躲了起来。保丁们没找见人，一把火烧了薛十七的家。

没有了家的薛十七，无路可走，上了僧道关，占山为王。

日军打来时，薛十七已经三百多条人枪，占据僧道关，大块吃肉，大碗喝酒，好不快活。

一日，有兄弟报，有国军官员上山，想收编僧道关的弟兄。

薛十七排开阵势，大刀金马，宣那官员上山，拍着桌子大骂："什么鸟政府，毁我的家，捉我的人，逼得我无家可归，现在想起了我，滚！"

那官员流了汗，道："大当家的，委任你当团长呢，总比占山为匪好啊。"

"当委员长老子也不干，滚滚滚！"薛十七一挥手，几个兄弟一顿枪托，赶走了国军收编人员。

薛十七照旧大块吃肉，大碗喝酒，僧道关下，沸反盈天，薛十七充耳不闻。

一日，又有一人来到僧道关，谈收编事宜，是日本人。

"大当家的，国民政府逼得你有家难投，有乡难归，这是大仇，现在我们皇军来为你报仇来啦。"那个日本人口才便说，上场直奔薛十七最痛的地方谈开。

薛十七拿起茶碗，轻轻抿一口茶，一笑："有仇无仇，是我们自己家里的事，与他娘的外人无关。"一句话，说得日军特使脸红一阵白一阵，停了一会儿，语含威胁地说，"大当家的与国民政府不共戴天，又不归附皇军，只怕这僧道关难以支撑得住啊。"

"大不了是个死，妈的，投降了小日本，老子死后都无脸见祖先。"薛十七一句话，堵死了大门，日军特使悻悻而退。

至于和日军干起来，是这之后三个月的一天。日军一队人马从僧道关下一道关口经过，被薛十七的部下挡住，要留下买路钱。日军指挥官山田大怒，皇军在中国土地上横冲直撞，什么时候给过钱。要钱没有，要挨子弹，多的是。

于是，双方一攻一守，开始了枪战。僧道关壁立千仞，不是想攻就攻得下的。日军司令部电报打来，频频催促山田联队，赶快去会合，可山田就是过不了山口，无奈，派人谈判，要多少买路钱。

薛十七哈哈大笑，道，多少？回去告诉山田，钱堆起来得和这僧道关一样高。说完，抚掌大笑。僧道关的兄弟都哈哈大笑，得意非常。

那特使脸色铁青，走了。

僧道关如一颗钉子，钉在日军占领区的边缘。最让日军痛恨的是，薛十七嘴上说两不相帮，可明显地帮着国军。有人甚至怀疑，他不听国军的，不依附日军，很有可能已经成为了八路的队伍。

日军决心端掉僧道关。

山田指挥大队人马，炮兵在前，步兵在后，如临大敌，一阵大炮轰击，然后是步兵进攻。可薛十七偏不按常规打法，他把兄弟们分散在山上的角角落落里，零打碎敲地射击日军，让日军损失很大，而自己一点伤亡都没有。

山田一咬牙，步兵硬攻，用人海战术耗光他。

战斗进行到第五天，薛十七招来兄弟们，说："看样子是不行了，狗日的山田这次是势在必得，兄弟们还是突围吧。"安排好后，他自己却不走，让给留下一杆枪一箱子子弹，独个在山上阻击。

"当家的，要活一起活，要死一起死。"兄弟们不走，一齐叫道。

"狗日的，我还没死呢，就敢违令。谁违令，老子毙了他。"说完，抽出枪，一个个扫视，然后一摆头，吼道，"快滚！"

兄弟们一个垂头丧气走了，薛十七抹一把眼睛，扛一箱子子弹来到最陡峭的铁门崖上，仗一杆枪，守在那儿。

薛十七的枪法那个准啊，据说只这一次，就打死打伤了一百多日军。

薛十七并没有战死，最终被活捉，送到了山田面前。山田围着薛十七转，冷冷地笑。薛十七也笑，很得意。

"薛君，你知道吗？你是俘虏。"山田吼。

"山田，你知道吗？老子一杆枪喝了一百多个日军的血，够本。"

"你跪下，归依皇军，我可以饶你一命。"山田鼓起了眼睛，望着薛十七。

"你给我跪下，老子随你处置。"薛十七哈哈大笑。

山田一挥手，让把薛十七双手双脚绑上，拴在高杆上。那时，正是六月的天，大太阳毒毒地晒着，一连六天六夜，薛十七不住口地骂着东洋人，骂着山田祖宗十八代。

到了第七天，薛十七不骂了，山田走过去一看，只见薛十七肌肉隆起，双眼怒睁，举拳踢腿，恶狠狠地向他扑击过来。

山田一惊，出一身冷汗，连连后退，良久，不见动静，走过去一摸，薛十七早没了气息。

小 镇 汤 铺

小巷一曲一折，再曲再折，折到极处，就有一个院子，很幽雅，也很安静，有一种古色古香的韵味。这，就是王一手的家。

王一手，不是真名，是小镇人起的绰号。

小镇，位于豫陕交界，一圈小山，如女人眉毛一样秀气，一曲一绕一弯，圈住这个小镇。小镇白墙黑瓦，小巷深深，透出一些岁月的沧桑。小镇古，小镇的居民，也一个个如古诗词中走出来的，一身书卷气，生活得悠闲，舒适，且讲究吃喝：就是吃糊汤，也必得摆一张小桌，放四盘菜，吃一口糊汤，夹一点菜，有滋有味。

当然，高兴了，就相约："走，去王一手那儿喝一碗汤。"

王一手的汤，是羊肉汤。在王一手院子正屋侧面，三间小屋，粉墙纸窗，一片素净。里面不卖别的，单卖羊肉汤。

常言说，酒香不怕巷子深，同样的，羊肉香也不怕巷子深，王一手的生意很红火。一早起来，就忙碌着架火，炖汤，一牛头锅羊骨头，再加上五香作料，"咕嘟咕嘟"，让一条巷子都罩在一片薄薄的香味中。

汤炖好，太阳刚出来，一个巷子在白白的亮光中，照出一片祥和。小巷里，也就热闹起来，一个个小镇人，沿着小巷的石板路，一步一步走来，走进王一手羊肉馆。

王一羊也嘻啦着圆团团的一张脸，忙碌起来。

"一手，来一碗汤。"有人喊。

"好的，马上来！"王一手应，不一会儿送上，薄薄的汤，玉色，上面飘几根葱花。坐在凳上，缩着脖子喝一口，一股香味，混合着暖热，直透全身血脉。

"好汤，香。"来人夸。

王一手双眼眯着，笑成一尊弥勒佛，有时，顺手会再给客人添一勺汤，一牛头锅卖完，汤铺打烊，解了围腰，换一身轻轻爽爽的衣服，陪街上的老少爷们儿下棋去了，或者说古今去了。

有人劝："一手，生意再扩大点吧。"

王一手摇头，不答，只是微微笑。

"一手，钱多咬手啊？"有人揶揄。

王一手仍微笑不答。

王一手就这么悠闲地做生意、喝茶、下棋，把个小日子过得轻云流水一般自自在在。

至于张小蛮子汤铺的出现，是在一天早晨。

那天早晨，王一手刚起来，准备熬汤，一阵鞭炮，把小巷的宁静炸得支离破碎。王一手系着围裙，乍着双手出去看，就看到了张小蛮子汤铺的招牌，锃光瓦亮，比自己的那块黑木招牌气派了许多。

张小蛮子见了王一手，笑笑，拱手招呼。

王一手也忙拱手招呼，而且转身回家，拿了一个红包上门，跟着别人一块儿随喜了一番。

古话说，同行是冤家，可王一手并没有这种感觉。仍然，他一天一锅羊肉汤，卖完，打烊。倒是对面，生意一天一天红火：人，越去越多；王一手的生意，渐渐有些冷淡了。

有人告诉王一手，对面的汤卖得比你的价钱低，拉走了顾客。

王一手笑笑，没说什么，继续按原价卖他的汤，一点也不着急，而且卖完，关了汤铺门就去下他的棋。这样过了一个多月，王一手的生意又恢复了过去红火的样子，相反，张小蛮子的生意渐渐没了。

张小蛮子急了，脸整整瘦了一圈，整日过来讨教，问王一手下了什么作料，有什么特殊手法。

王一手笑，说："不就是用金钱河的水，金钱河畔的羊，慢慢熬慢慢炖吗。"

张小蛮子说："是啊，我也是这样啊。"

"不就是下茴香、花椒、葱花吗。"

"是啊，我也是啊。"张小蛮子说。

"那不就得了"王一手仍笑眯眯的。

张小蛮子失望而归。

不久，小镇传开了一个谣言，王一手的羊肉汤之所以香，让人喝着上瘾，舍不得不喝，是因为里面掺的有鸦片熬的汤。

一句话，让小镇人睁大了眼，去王一手的汤铺人又日渐见少了。

王一手不争辩，不理论，笑笑的，熬汤、炖汤、下棋，过他的小日子。

一日，卫生局人上门，说，听人举报，你的汤里掺了鸦片煎的汤，这是违法的。王一手笑笑，说，你们检验吧，是黑白不了，是白黑不了。

卫生局的干部舀了汤，一番化验后，拍拍王一手的肩，笑笑地走了。

王一手仍然笑笑地卖他的汤。

卫生局人离开的那个晚上，王一手没出门下棋，办了一桌菜，热了一壶酒，请来张小蛮子，几盅酒下肚，王一手停了杯，望着张小蛮子的眼睛，说："老弟，其实，你做了假。"

张小蛮子睁大了眼问："做什么假啊，无空无影的？"

王一手拍了拍张小蛮子的肩，眯着眼解释："金钱河羊是高山寒羊，味质天然，再用天然的金钱河水炖煮，味道鲜美。但这儿羊生长慢，因而羊价就高。可你的汤价钱特贱，不用假的，就会亏本，做生意的有一个做亏本的吗？"

张小蛮子低下头，红了脸。

"再说，我和这儿养羊户都熟悉，算过账，这儿喂养的羊，卖来炖汤，一天勉强也只够煮两锅，这就是我不扩大经营的原因，怕再有人掺和进来，不够用。"

张小蛮子脸上流下了汗，嗫嚅："我——"

"还是一天卖一锅吧，这样，生意会好起来的。"王一手仍眯着眼，缓慢地说。

"大哥，我瞎了眼——"张小蛮子红了眼眶，想说什么。

"啥也别说了，好好做生意吧。"王一手拍拍张小蛮子的肩。

张小蛮子点点头，站起来，一鞠躬，走了。以后，小镇就有了两个汤铺；一样的格局，一样的规矩：一天只卖一锅汤。而且，两家生意一样红火。

更让小镇人惊讶的是，两个同行竟成了铁哥们儿。

向敌人敬礼

终于，他们攻下了敌人驻守的这座城市。部队雄赳赳、气昂昂地举行了一场进城仪式，仪式的场面十分壮观、宏大。

然而，他没有参加，因为他有特殊任务。

他是一名神枪手，一支枪，百发百中，是军中出名的枪王。他的枪弹，从没虚发。

将军命令，你的任务就是埋伏在暗处，监视着阅兵广场，严防敌人破坏。记住，据内线报告，敌人的那名神枪手就潜伏在城里。

他听后，脸上的肌肉不自觉地一动。对于那个家伙，他太熟悉了，那是一个有着鹰一样的眼睛、熊一般身躯的家伙。曾经，他们相遇过，

都同时躲避对方，又同时射击，又在同一时间受伤。这是他狙击生涯的耻辱。

很快，他在阅兵广场找了一个地方，隐伏下来。他知道，对手不动手则已，动手，就一定会选这个地方：人多，嘈杂，一旦得手，容易脱身。

他隐伏的地方，就是广场旁的一座摇摇欲坠的高塔。

他找了一个三面是砖墙，另一面面对广场的地方，用破蓆子做好伪装，然后藏在里面，悄悄地用望远镜观察起四周的动静，开始履行一个狙击手的职责。

狙击手，意志如钢，心硬如剑，狠毒如蛇，简言之，是战争的武器，枪炮的灵魂。狙击手虽不是枪炮铸造的，可比枪炮还要冰冷，坚硬。

他，在冰冷的观察中等待，等待着另一个狙击手，一个给他带来过耻辱记录的狙击手。

进城仪式正在紧张地进行，旗帜招展，鼓角齐鸣，口号声如雷贯耳，正在向广场这边行进。他能想象得到，将军正骑在马上，招手致意。

他的汗流了下来，到现在，他还没有发现那个人的影子，那个有着鹰一样眼睛的人。

他转动着望远镜，手心都是汗。他怕，怕就在这一刻，敌人的枪会打破宁静，先发制人。

突然，他的望远镜停住了，在他的视线里，一个潜伏的黑影，熊一般壮实，正隐藏在广场右角一个残破的角落里，身上盖了一些稻草，伪装得很好。如果不是那人也在拿着望远镜观察，是很难被发现的。

同一时间，他发现，对方的望远镜也对准了自己。他心里一惊，忙抓起枪。对方，也在这一刻抓起了枪。

可是，双方的枪都没有响：在他们的瞄准镜之间，同时晃动着一个人，一个五六岁的孩子，正举着气球，笑着，跑着，把所有的幸福和稚气，都抛洒到阳光中、空气中。

　　谁先动手，谁就会抢得先机，就可能让另一个人从此失去还手的机会。可是，首先，得打倒那个孩子。

　　他们都没动，都在等待着，在窒息的沉闷中等待着。

　　他们没有忘记，枪，是生命的守护神。军人，是枪的灵魂、人性的保护者。

　　同时，他们也都知道，这样的沉默，对狙击手来说，是致命的。

　　但，双方的枪都在这一刻为一个花朵般美丽的生命沉默了。

　　孩子终于被一个妇女拉走，他本能地一个翻滚，躲避着，对面并没有枪声。他抬起头，再望过去，那边，早已没有了那位狙击手的影子。他飞快地跑下高塔，冲向对面，来到那个人埋伏的地方。在那儿，他看到除了一地揉碎的烟末之外，什么也没有。

　　那人显然在矛盾中挣扎了很久，然后，见自己已经暴露，不得不停止了这次暗杀行动。

　　他知道，那人本来是有机会的，只需一枪打倒小孩，再迅速地发射第二枪，一切都可解决，可那人没有。

　　对着那块空地，他默默地举起手，默默地，行了个庄重的军礼，说："兄弟，你是个真正的军人，哥们儿佩服你。"

　　他不知道，在暗处，一个人也在默默地行礼，向他。然后，转过身，离开了，阳光照在那张坚毅的脸上，一双鹰一样的眼闪闪发光。

小 镇 旦 角

　　小镇戏楼，传为宋代所造。戏楼雕梁画栋，古色古香，日里夜里，有剧团演唱，水袖扬扬，二胡咿呀，生旦净丑，各展歌喉。

小镇剧团中，有三个旦角，名扬一时。三个旦角，各有保留节目。

李小兰一曲《天仙配》，小镇人睡里梦里，都是那双水汪汪的眼睛，顾盼生辉。小镇有谚语："听戏要听《天仙配》，娶妻应娶李小兰。"

看白娘子，得王小芬的。上得场来，水袖一扬，一声"冤家呀，端阳酒后你命悬一线"，把一个北平来的客商引得伸长脖子，长长的烟杆拿在手里忘了吸，突听一声叫，烟锅贴在旁边客人脸上，油烟味刺鼻。

客商忙道歉，被灼客人早忘了痛，眼睛瞪得鸡蛋大，望着台上。

"兰芬清香，不如一芳"，是小镇人的评价。兰芬，指李小兰、王小芬；这"芳"就是梅小芳。梅小芳不叫梅小芳，叫什么，人们已忘记，只记得初出道时年方十五，登上台，轻启朱唇，微展烟眉，唱道"自从我随大王东征西战，受风霜与劳碌年复年年。恨只恨无道秦把生灵涂炭，只害得众百姓困苦颠连。"那声音，珠圆玉润，每一个字落地，不沾一点灰尘。

有到北平听过梅兰芳唱《霸王别姬》的，一声喟叹："了不得，赶上梅兰芳了。"从此，梅小芳叫遍小镇，传遍西安、武汉。

到日本人打到小镇时，三个旦角演唱生涯如日中天，尤其梅小芳，粉丝如云。

当时，日军驻小镇联队长叫少琳一郎，弯弯秀眉，红红嘴唇，典型一个奶油小生。而且，这小鬼子说中国话，唱京剧，每一个字都圆润老到。唱许仙，唱张生，也唱花脸，一声吼，大有张飞长板桥倒喝的气势。

少琳一郎有一嗜好，每次带队进山围剿抗日军队，胜利而归，或捉到抗日分子枪杀时，都要在戏楼前进行。届时，举办一场演唱会。唱京剧，这家伙也粉墨登场。

一次，杀一个抗日分子后，少琳一郎宣布，本队长准备了一曲《天仙配》，以飨大家。至于七仙女，当然请李小兰。

少琳一郎让用一辆车去请。不一会儿，车来了，停下，车门打开，一人走出，风摆杨柳，荷花照水，缓缓上台，揭开脸上面纱，是李小

兰，又不像李小兰：左边脸明媚如画，右边脸一道伤口，从眉头直拉嘴角，鲜血淋漓，触目惊心。

且角全靠一张脸。一张脸如此，一生也就废了。

少琳一郎目瞪口呆，既而垂头丧气。

李小兰毁容后半月左右，少琳一郎进山围剿，打败游击队，骑马挎刀，得得而归，第二天，举行庆祝大会，演唱小镇人最爱听的《白蛇转》。为防备王小芬也毁容，这次，少琳一郎让用一抬软轿，"去把王先生接来，注意，好好伺候。"

戏台上，锣鼓铿锵，二胡咿呀。戏台下，软轿抬来，放下。少琳一郎扮许仙，走到轿旁，一弓身，拖着长长的唱腔叫道："娘子，请——"轿内不应。少琳一郎再弓身，加大声音："娘子，请——"轿内仍不见动静。

少琳一郎一愣，掀起帷幕。王小芬端坐轿内，一柄匕首插在胸前，早已死去，手上，捏一张纸，血书大字："宁做中国鬼，不做东洋奴！"

少琳一郎脸色铁青，一声"八嘎"，掀了轿子，下令让梅小芳来。几个士兵匆匆而去，不一会儿，梅小芳来了，一袭白衣，一双高跟鞋，盈盈一笑，把少琳一郎一腔怒火消于无形。

在小镇人的目光中，梅小芳坦然登台，袅娜一声："冤家呀——，你上了法海无底船，要盼你回家你不见，哪一夜不等你五更天——"眼神顾盼，水袖轻扬，把一个伤心欲绝的白娘子演得一唱三叹，比王小芬有过之而无不及。

少琳一郎更是拿出全套功夫，扮许仙惟妙惟肖。演出结束，少琳一郎大叫过瘾，"和梅先生合作，真是太愉快了。"

梅小芳娇嗲一笑："小女子所见唱小生的多了，可从未见过如太君这般高明身段和唱腔的。"一句话，让少琳一郎满脸开花，让一镇百姓肚皮气炸。

梅小芳不管小镇人白眼，一袭旗袍，一双高跟鞋，逢少琳一郎邀请，就欣然而来，扮七仙女，扮白娘子，扮崔莺莺，花枝招展，春风得意。

一次，演《西厢记》结束，卸妆时，梅小芳对少琳一郎微微一笑，

道："听说太君擅长花脸，不知可会《霸王别姬》？"一句话，让少琳一郎来了兴致，当即决定，明天演唱《霸王别姬》，到时，请所有小镇居民都来观赏梅先生绝活。

第二天，天空晴朗，是一个少有的祥和天气，一早，日本兵就打门吼叫，让小镇居民到戏楼看戏。

戏楼上，锣鼓敲响，叮叮咚咚。少琳一郎扮霸王，醉卧在军中帐。梅小芳扮虞姬，不着彩服，一身缟素。戏到精彩处，虞姬舞剑，瑞雪飘飘，白练缠身。过去，这是小镇人最爱看的。但今天，台下很冷淡，有几声零落掌声，是日军士兵的。

舞到酣畅处，梅小芳微启朱唇，紧咬银牙，轻吐一声"着"，一柄剑脱手而飞，化一道白光，直射少琳一郎。少琳一郎一惊，起身欲躲，可那剑来得太快，只听"啵"一声，由前胸直透后背。

梅小芳一剑成功，拂拂衣袖，对台下微微一笑，依然是过去每次演出结束的样子。

台下，日军士兵醒悟过来，一个个举起枪，连连射击，在一声声爆豆般的枪声中，梅小芳洁白的衣服上，血迹如梅花朵朵开放。可她自始至终微笑着，然后慢慢地、慢慢地落在台下，如一只翩然的蝴蝶，飘到地上，不动了。

只有那笑，仍然凝固在脸上，一如她第一次登场时的一样美丽清纯。

小莲老师

小莲老师，确切地说，应叫小莲嫂子，是山根哥的屋里人。

小莲嫂子是人贩子卖来的，不然的话，山外女子谁愿到我们这个鸟

不生蛋的地方来，更何况是高中毕业生，又是小莲嫂子那样的人。

反正不知用什么方法，小莲嫂子被人贩子骗到了我们这儿，从此成了我们的小莲嫂子。

成为我们的小莲老师，那是以后的事，是小莲嫂子回娘家又回来以后的事。

小莲嫂子在山根歌一家的看护下，生活了一年多，生了个娃娃，大家说，这回好了,可以放心了，有了孩子，打她她也不会走了。

山根哥家就不再看管她，不再看管她了，她就逃走了。

这一走就是半月，就在山根哥全家绝望，全村人都料定这个狠心的女人不会再回来时，小莲嫂子回来了，瘦得失了人形，抱住自己的娃娃，亲啊舔啊，仿佛几千年没有看到。

原来，小莲嫂子回去了，可回去了又舍不得孩子，就又回来了。回来以后的小莲嫂子从此安安心心地和山根哥过起了生活，脚勤手勤脑子勤，把小日子归置得水响磨转。

大家都说山根哥前辈子修福积德，得个好媳妇，有文化，又斯文，又好看，打着灯笼也难找。那时，我还小，别人耍笑我，说给我找个媳妇，我说："要找就找小莲嫂子那样的人，大大的眼睛，画个鸟雀都能飞。"我妈就笑骂，说："美的你，鼻涕流到嘴唇上，心气还怪高的呢。"

小莲嫂子听了，笑笑，清亮亮的眼睛一眨一眨的，说："好好读书，读成器了，到城里说个城里妹子。"

话是这样说，可不久我们就停课了，我们那个头发花白的老教师退休了，别的老师都不愿意到这山旮旯来。每天没事，我们就到河里抓鱼，山上逮蝎子，或者帮家里扯猪草。

村长急了，说在本村请一个人吧，上一辈睁眼瞎，总不能让下一辈人也成为睁眼瞎。

在一个傍晚，村长和村里的大人小孩都来到了小莲嫂子家里。当村长说出自己的想法时，小莲嫂子直摇头，说不行不行，我不行。

村长说，你要是不愿意，娃们只有当睁眼瞎了。

我们急了，都带着哭腔，说："小莲嫂子，你就当我们老师吧，我们听你的话，我们要读书。"

小莲嫂子望望我们，长叹一口气，对村长说："那我就试试吧，不行了，你们再换。"

就这样，山外来的小莲嫂子当了我们的老师。

小莲嫂子教书，笑眯眯的。我们呢，不叫她老师，仍叫她小莲嫂子，"小莲嫂子，这道题咋做的？""小莲嫂子，他刚才骂我癞皮狗。"小莲嫂子笑着，引导着我们：引导我们学，引导我们玩。仍是嫂子，不像老师那样严肃。

我们不像山外的学生，因为大人一般都在外面打工，所以，很多学生读一天书，回家干一天活，再读一天，交替进行。这样，小莲嫂子就得经常给学生补课。我，就是小莲嫂子补得最多的，因而，大家都叫我"缺粮大户"。我很难受，小莲嫂子知道了，在班上说："大家不要笑话李大石，李大石条件艰苦，可学习用心，我们应向他学习。"一句话，让我除掉了绰号挺起了胸。

小莲嫂子有个收音机，课余，她就放给我们听，听相声，听歌曲，听山外的事。在元旦全乡的文艺会演中，我们按收音机中的《吹牛》排演的节目，还获得全乡一等奖呢。

可就在第二年的下半年开学时，小莲嫂子却离开了我们。

那时，我们的课本是在乡教育组领。吃过早饭，小莲嫂子就走了。我们要一块儿去，她说："几本书，我一个人就挑回来了。"

她拍拍我们的头，笑笑，踩着亮亮的朝阳走了，走了就再也没有回来。

她走后不久，下了一场暴雨，村里人也没往心里去。可到了下午，还没见她的影子，人们才慌了神，沿着去乡里的路上找，在村子那边竹林的河沿上，找到了一捆书，湿漉漉的，扔在河岸上，而她却不见了影子。

几天后，河的下游人们捎来信，说他们发现了一具尸首，怀里还抱着一捆书。我们赶去看时，果然是她，静静地躺在那，怀里抱着一捆

书，紧紧的，不放。

下葬时，这捆书怎么也扯不下来。有老人在她耳边说，小莲老师，放心吧，书是拿去给学生娃用的。轻轻一抽，书就拿了出来。

那一刻，一村人都哭了。

为了心中的佛

他是一个和尚，却不诵经不礼佛。每天，都望着佛寺发呆。

师父长叹，道："你望什么？"他回答，好美啊。说着，指指古雅的佛寺，佛寺的飞檐翘角，在蓝天白云和大山的衬托下，别有一种美。

师父责备："出家人心中应有佛，总可耽于其他。"可是，他仍沉迷其中，难以自拔。瞅住空闲，他就用石头、泥土、木棍，搭建自己心中的阁楼亭台，一搭就是几天。师父见了，连连称："阿弥陀佛，罪过啊。"

在寺庙里，他做了十五年僧人，没记住几句经文，可是，所绘的各种亭台楼阁、湖泊假山的图纸，挂满禅房。

他的人在寺庙里，声名却早早地飞到了外面的世界。

在他二十二岁的一个早晨，一队人马进了寺庙，带头的人鲜衣怒马，带着皇帝的圣旨，对着和尚们宣读：皇贵妃仙逝，圣上心疼欲绝，发誓要修一座天下最美的陵寝。然后，口传圣谕，让他下山，设计建造。

"阿弥陀佛，很可惜啊，小徒身患重病，危在旦夕，怕是难以应命。"师父双手合十，一脸悲伤。所有弟子，一脸惊愕。忽听殿后鞋声橐橐，他走了出来，一身布衲，青衣光头，对师父一施礼："师父，我

好了，可以下山了。"一时，师父无言。良久，仰天一叹，挥挥手，无言转入后殿。

他下山，随着大队人马。

耳边，是师父的声音："你下山一定凶多吉少，要解此灾，唯有一法。"

"何法？"他问。

"装疯，可躲一厄.。"师父数着念珠。

他摇头，叩别师父，走出殿门。

然后，车船轿马，一路匆匆，来到京城。他住在馆舍里，布衣素食，对着宫廷送来的精细美食，秀色美女，望也不望一眼。他说，他心中有佛。

馆舍官员暗笑，道："听说大师连木鱼也敲得一塌糊涂。"言外之意，佛在哪儿。他一指自己的心，意谓在这儿。

几天后，他拿着自己的图纸去拜见皇帝，细细叙说着自己的设计和规划。皇帝眉开眼笑，眼光发亮，当即授予他二品官职，并让他负起建造陵寝事宜。

"贫僧可负责建造陵寝，但不愿为官。"他推辞。

"不愿为官？"显然，皇帝不理解。

"不可能！"所有的官员瞪大眼，不相信自己的耳朵。

他掸掸僧袍，笑了，缓缓退下。依然粗衣布衲，走向了施工场，亲自监造。有时也跟工人一块儿搬料，扛木头。他忘记了，自己是一个僧人，更是一个负责建造的人。

三伏天，他冒着酷夏。三九天，他冒着严寒。

十年过去。整整十年，一个青春的和尚已步入中年，由于长期的劳心劳力，由于艰难的调度和运作，他的鬓角，已见星星白发。有时，夕阳西下时，遥望远处，他也想到了寺庙，想到了师父，也想向佛祖上一炷香，可他随即摇摇头，摆脱了自己的想法。

十年艰辛，十年血汗，一座绝世的艺术品出现在人们的眼前。

一座高大的、金顶般的建筑立在蓝天下，红墙如胭脂，让人晕眩。

下面是一级级台阶，向上攀登。金顶建筑四边，四座小巧玲珑的宝塔高高耸立。

皇帝见后，泪水直涌，喃喃道："比我心中的还要美，爱妃，它只配你住。"

第二天，皇帝召他上殿。所有大臣都十分羡慕，知道这个和尚发了。

他仍静静的，微笑着。

"来啊，把他的右手砍了。"皇帝吩咐卫士。

他微笑着，伸出右手，好像一点儿也不意外，连皇帝也惊奇，问："你怎么不问为什么？"

"早已知道，何必再问。"他淡淡回答。

"知道什么？"皇帝惊讶。

"你怕贫僧再为别人设计，所以如此。"他仍波澜不惊。

他的右手被剁下。他并没有离开，整日在陵寝边徘徊观望，同时，在陵寝对面不远的山上，掏了一个洞。洞掏完不久，皇帝又让卫士带他上殿，他依然青衣布衲，飘飘而来，对着皇帝微微一笑："我一切皆了，可以死了。"

"你怎么知道要处死你？"皇帝睁大了血红的眼睛。

"我手虽断，可思想仍在，你怕我为别人设计更好的建筑。"他说。

受刑那天，他提出，要见师父。老师父来了，须发斑白，一如十多年前一样，摩着他的头顶道："你既知难逃一厄，为何还要下山。"

他微笑，仍如少年时，望着远处殿阁楼台道："为了心中一个美丽的梦。"死后，按他的要求，一部分骨灰葬在他挖的洞里，和自己的设计遥遥相对。另一部分被老师父带着回了山。圆寂前，老师父指着骨灰罐，告诉身边弟子，把他的骨灰放在自己的塔中，"因为他是一个真正的佛家弟子，在他的心中，有一尊不变的佛，那就是美。"

永远的母爱

爷死时，九十三岁，活到现在，也是一百好几的人了。活着时，爷挂在嘴边的一句话是，猪啊，也有感情。

爷说着，吸一口烟，烟从鼻孔和嘴巴吐出。爷的嘴巴和鼻孔像我家的烟囱，烟末一撮一撮添进烟锅，烟一缕一缕喷出来，呛得爷"呵呵"地咳嗽。

吐一口痰，爷说，日怪的，猪还有感情呢。

爷说，那是一个冬天，大概已进了腊月吧，还没下雪。可到了那一天，冷风呜呜地刮着，云一层一层地堆起来，那阵势，像——像——

爷没读什么书，形容不出来。我忙说，黑云压城城欲摧。

爷瞪我一眼，爷讲故事最不喜欢别人打断他的话。爷说反正那天的云很厚，很黑，到了天近黑，那雪片子就有铜钱大，一片一片向下砸。一碗饭工夫，外面就变得白亮亮的了，屋里也亮堂堂的，你奶切菜都不点灯了。

爷爱卖关子，不就是说雪厚嘛，偏不那样说，偏要说亮。我不爱爷说话卖关子，但我爱听爷讲故事。

那天天日怪地冷，爷说，我让你奶整了四个菜，暖了一壶酒，喝酒前，你奶偏让我到圈里去看一下母猪和猪崽，说别冻死了那些小家伙。

你奶那心眼，针鼻子一样小。爷说。

没办法，爷"咻咻"地踩着雪窝子，下了猪圈，往洞里一瞅，亮亮的雪光照着，老母猪睡在那，哼哼着。十个胖乎乎的猪崽吃着奶，你顶我，我挤你，哼哼唧唧一洞。

狗日的，美的你。爷笑了，又抱了一把干草放了进去。爷回屋，舒心地嚼着盐炒黄豆，品着小酒。奶也抿了几盅：天冷，御个寒。一壶包谷酒见底，爷睡了；奶收拾完盘盏，也踉踉跄跄去睡了。

梦里，爷说，听到老北风狼一样地吼，震得窗户纸哗哗直响，不时，还有"咯吧、咯吧"的断竹声。那一场雪，嘿呀，我活了九十来岁才见到的一次。

早晨起来，雪已齐腿胯子了。奶上完茅厕，边系着裤腰带边往猪圈跑，去看她的猪。

奶站在圈外，一叫，没见猪出来；再叫，没见猪出来，慌了神，就喊来爷，让下去看。爷下圈朝洞里一望，洞口有血。爷心里一惊，想，一窝猪怕完了，被狼吃光了。可再一听，哼哼的鼾声响得挺欢实，忙拔开草看，十个胖乎乎的猪崽子像胖萝卜一样并头并脑睡在那儿，有的咂嘴，有的还摆摆耳朵，睡得很沉。

爷想，有血，老母猪怕是被狼叼走了。没有脚印，没有叫声，四下里一片白，到哪去找？没法。自己赶紧和哭哭啼啼的奶一块儿回去磨豆浆去了。不然，这窝猪崽吃什么？

一直过了四天。老太阳晒着，雪才慢慢化去。第五天，奶去喂猪，看见圈里有两个雪堆，还显出黑黑的毛，就下圈去看，拂开雪，一屁墩儿坐在地上。接着，就死鹅一样地叫，快来呀，打狼啊。

爷拿着杠子，急三火四地跑来。圈里，老母猪把一头大灰狼顶在石头跟下。狼眼睛睁得圆圆的，嘴上沾满了血。猪顶着狼脖子，一点也不放松。爷拿起杠子去打狼时才发现，猪和狼都已没了气。

爷说，那天夜里梦中听到风吼，其实是狼叫。大概母猪发现了危险，就用草藏好了小猪，然后跑出来和狼放对。猪最怕狼呢，可那夜它却自己走了出来。最终，狼咬断了它的喉咙，在临死前的一刹那，它一下子顶住了狼的脖子，为了孩子的安全，它到死都没放松，以至于死后都是那样子。

爷说，那只老母猪其实是能逃走的，它常翻圈呢，可那一次它偏没有翻圈。

我说，它怕自己跑了，狼会吃它的儿，这叫"舐犊情深"。

这次，爷没瞪我。爷坐那儿，木桩一样，脸上有泪。哎，一窝猪崽，亏得你奶伺候。猪活了，你奶却死了。

142

　　爷说，你奶在猪圈翻上翻下，动了胎气，出现难产。送到医院，医生征求意见，说是只能保住一人：是大人呢，是小孩呢？爷说当然保大人。奶听了，一口唾沫吐过去，说，要娃，娃还没活人，还没看够呢。

　　一句话，爹活了，奶死了。

　　爷说到奶，九十多岁的人了，还哭鼻子，这会儿，我再也找不着一个成语来劝爷了。

第七辑

飘雨的小巷

笨拙的母爱

这种野兽，是这儿独有的，叫豺豹，长得如灵猫，可凶猛如狼，眼睛瞪得圆圆的，定定地望着灯光，不跑，也不躲。

打猎人趁这空儿，一枪就会撂倒一只豺豹，而且，这方法从没放空。也因为这样，这儿人打猎，一般在夜里。

他听着向导介绍，微微地笑，十分高兴。

他坐着车来的，到了豺豹出没的地方，让停下来。下了车，他让司机把车灯打开对着山上，亮得一山都是白色，如探照灯一样。

灯光下，满山动物都在奔跑着。向导说，快打，以你手中的狙击步枪，一枪一个，今夜一定会打半车野物。

他笑笑，一动不动。

他这次来，不打别的，专打豺豹。

上司要来，上司在手机里对他说："小李啊，来考察你的人很多，都想尝尝你们那儿的特产——豺豹肉，听说细腻可口。你可要准备好哦。"

他笑着答应了。

本来，他准备买一只的，可是一想，还是亲自去打，到时，大家下来一尝，再听说是自己夜里亲自打的，对自己的好感，一定会是加倍的。

雪白的灯光下，动物逃窜一空，不见一个豺豹，他心里有些急了，

"打的人多了，快死绝了。"向导说，然后把灯光移动角度。司机按照要求，转动车灯，他和向导，顺着灯光寻找着。

"瞧，豺豹。"向导轻声说。

他顺着手指，终于看清了，雪白的光中，一只非豹非狼的动物，立在光柱中，非常清晰。

豺豹的叫声长长传来，显得惊慌而刺耳。

"它发现我们了？"他问，握紧了枪。

"不要紧，这个笨家伙，只要眼睛在夜里与灯光相对，你到面前，它也不会动。"向导说，吩咐司机，把灯光打亮些。

他为了更有把握，和向导向山上爬，来到豺豹面前不远处，举着枪向豺豹瞄准着。这时，他们才发现，这个大豺豹身边，还卧着一头小豺豹。

豺豹面对着枪口，眼瞪得大大的，慢慢地，眼角滚出晶莹的东西，是眼泪。

他的心，微微一动。豺豹并不笨，他想。

接着，豺豹两只前腿缓缓跪下，面对着他。

"它——它求你放过它们。"向导说，过去打猎的，经常遇到这样的事。

他的心有些二乎起来：打，不忍心；不打，豺豹肉从哪儿来？想到自己的前程，想到自己以后的官运，他的枪又一次握紧了。

就在此时，向导惊叫一声。

他回过头，一只野兽，一只灰背的狼，不知什么时候靠近了。

显然，这是一只饿极了的狼，不顾危险向他袭来。

他想开枪，已经来不及了。

恰就在这时，灯光灭了。下面，司机嚷，线头断了，不要动。

他心里一冷，闭上了眼，想，看样子，今天是死定了。可是，灰狼并没有扑来，而是在他脸旁刮过一股锐风。接着，是剧烈的撕咬声，吼叫声，在旁边响起。

他和向导躲在大石后，一动不敢动。

随着一声凄惨的狼嗥，一切都静止了。

他忙打开身上装着的备用手电筒，灯光下，灰狼倒在地上，喉咙已被咬断，咽了气。豺豹也躺在地上，胸脯被撕裂，奄奄一息。

那只小豺豹靠在母豺豹怀里哼着，拱着小脑袋。

母豺豹伸出舌头，舔着小豺豹，又望望他们，眼睛里满是乞求的神色，一动不动。过一会儿，不见母豺豹动。他过去一摸，母豺豹已死了。

那一刻，他的泪水竟然忍不住涌出来。

他抱起小豺豹，连夜下了山。

"自然界中，弱小动物如果同时遇见两种凶猛的野兽，无路可逃时，作为母兽，一般会主动向最凶猛的野兽出击，纠缠住它，让自己的孩子与较凶猛的野兽周旋，以此为小兽争取一线生机。"一天，他拿着一本有关动物的书籍，读到这段话，一时，恍然大悟。

他想，将人类与狼相比，在母豺豹的眼中，大概人类一定比狼要较善良一点吧，它一定也是用这种办法，为自己的孩子争取一线生机吧。

又一次，他的眼泪涌了出来。

小 瓜 和 尚

小瓜下山那年，十八岁，是个眉眼青葱的和尚。

小瓜正走时，一架风筝飞起，飘啊飘的，落在树枝上。小瓜看见，很是喜欢，一跃身上去拿下风筝。

小瓜轻功很高，落雪无痕。

拿着风筝，一袭栀子花香淡淡冲入鼻端，真好闻。

随着香气，一个女子走来，一笑，江南花草都开了，绿了。女子一笑说："小和尚，把风筝给我好吗？"小瓜送出风筝，忙缩回手，脸红了，心也跳了。

十八年来，小瓜第一次见到女人。小瓜想，女人，真好！

"谢谢。"女子一笑，甜甜的。可小瓜仍不理女子，向后退了一步。

"怎么，怕我？"女人瞪大眼睛问。

小瓜嗫嚅道："女人像老虎呢。"

"像老虎？"

"师父说，女人像老虎。"小瓜双手合十，红着脸说。女子咯咯笑了，亮汪汪的眼睛睇了一下小瓜，很水的眼光，道："我像老虎吗？"

小瓜摇摇头，不像，山中老虎多猛，这女子是老虎的话，自己宁愿让老虎吃了。小瓜知道，自己不该这样想，师父知道了会责备的，可是，小瓜又禁不住不想。

他想，他得走了，不然佛祖会怪罪的。他刚迈步，女子"哎"了一声。他回头，女子说："小和尚，别走。"

他就不走了，双手合十，直直地站在那儿。

女子说："帮帮我，好啵？"女子说"啵"，像水泡"啵"一声荡开，小瓜心中一层层水纹荡漾，摇曳生姿。本来，他准备摇头的，可是竟不由自主地点了点头。

女子说，王尚书府上有一幅卷轴，是她家的，红绸包着，希望小瓜给拿来。小瓜一听，当即答应了，他下山，就是行侠仗义的。

当晚，小瓜仗着一身轻功，进了王尚书府，按照女子介绍，拿到卷轴，交给女子。女子接过卷轴，娇媚一笑，挥挥手，走了。

江南山水，顿时暗淡下来，雁叫云低，一片凄迷。

小瓜的心中，忧伤如梅雨延绵，没有底止。

他一路行去，无精打采。沿途所见，人心惶惶，朝廷军队纷纷败退。原来，朝廷出兵时，计划已外泄，中了敌国埋伏，一战大败，边疆形势岌岌可危。

小瓜和尚的心里，更是沉沉的，愁云弥漫。

那日，来到一处店里，刚租下房子，眼前一亮，那个女子又出现了。小瓜和尚眉眼闪了一下，又忙低头念佛。女子问："小和尚，不认识我了？"

小瓜轻声问："施主有事让小僧做？"

女子一笑："不可以想你啊？"

小瓜脸红了，朝外一望，问："那是谁？"女子一回头，身上一麻，被小瓜点了穴道。女子睁大了眼："小和尚思春了，劫色？"

小瓜脸又红了，忙摇着手道："你是奸细。"

那次偷画之后，不久，朝廷军队失败，原因传出，是王尚书府上作战地图丢失。小瓜和尚一听，大汗淋漓，知道自己上了女子的当。

"不傻啊，小和尚。"女子眼光一漾，"不喜欢我？"

小瓜望了一眼女子，低下头轻声道："喜——喜欢。"

"放了我，我嫁你。"女子柔声说。

小瓜摇摇头，不发一言。

突然，星光一闪，一支镖从窗户飞来，打中女子。女子惨叫一声，软在地上。小瓜冲出去，不见一人，又跑回来，望着女子。女子脸色渐渐变黑，惨笑道："是我的同伙，杀人灭口。"

小瓜随师父学过疗毒，一看女子，就知中的剧毒，唯一解法是吸毒。他撕开女人脖领，对着后背伤口吸起毒来。

"别，你——你会死的。"女子惊叫。

小瓜不理，一口口吸着，一直吸到黑血变红为止。这时，他感觉头晕沉沉的，倒了下去。女子抱起他，流着泪问："为啥救我？"

"爱你！"他喃喃道。

"可——为啥抓我？"女子泪落连珠子。

"你是奸——奸细。"

说罢，小瓜咽了气。女子泪水一颗颗落下，落在小瓜脸上。她轻轻在小瓜已变黑的脸上亲了一下，站起来，一步一步走向当地县衙。

自首，是自己一种最好的忏悔。她想。

拯 救 对 手

他开着车，押送一个俘虏。

俘虏的手，用绳索捆住，如粽子一般。这一刻，坐在旁边，嘴唇抿得紧紧的，但不时，舌头会伸出来，舔一下嘴唇，看样子，很渴。

能不渴吗？整整审问一天一夜，没沾一滴水，没吃一顿饭。

他停下车，打开军用水壶，嘴对嘴地，给俘虏灌了几口水。俘虏大口地吞咽着，喉结间响起"咕唧咕唧"吞水的声音，像溪流一样。

一壶水，喝了一半，俘虏摇摇头。他停住了壶，盖好，又开他的车。

俘虏，是敌国军队的间谍。

他不想对俘虏说话，因为，他痛恨俘虏和俘虏的国家，是那个国家害得他无家可归的，也是那个国家的军队，枪杀了他的妻子，还有出生不久的孩子。

想到妻子和儿子，他的心都在滴血。那是多好的女人啊，给自己做饭，给自己做鞋垫，给自己生孩子；高兴了，还哼着小曲。这一生，自己就没见过这么好的女人。当然，还有儿子，花瓣一样的小嘴，哭起来亮亮的声音，长大一定是个棒小伙子，是一个做庄稼的好手。

可一切，都在一把火中没有了。

从此，他没有了家，没有了一切。从此，他扔下了锄头，拿起了枪。他过去鸡也不敢杀，更别说狗啊兔啊：杀人，做梦也不敢。

走上战场，当第一个敌人倒在他的眼前时，他紧张得尿了裤子。

但是，随着时间的推移，他的心逐渐硬起来，他的枪法一天天精准起来——弹无虚发，每一枪，都给他带来一丝愉快；每一枪，都给他带来一种心灵的安慰。

他想，只有多杀敌人，自己死后，才能心安理得地去见自己的女人，

还有自己的儿子，并且告诉他们："你们的仇，我给你们报了。"

出入这个目的，他的枪下，没有走过一个活口。

他不同情敌人，他的心如铁，不，比铁还硬。

他给俘虏水喝，没有别的，仅仅是为了让俘虏更清醒些。否则，到时候处死时，已经昏迷了，实在是不解恨。

让敌人死，并让敌人清醒而恐惧地死，是报仇的最佳手段。

对这个敌人，他也是这样的。

当将军问谁去执行处死俘虏的任务时，他高高地举起了手。将军很满意，说人员紧张，你一个人去执行吧，谅一个俘虏在你的枪口下也跑不掉。

于是，开着车，他押着俘虏向刑场出发了。

路很烂，时时，有炮弹落下来，越野吉普车弹跳着，躲闪着。越来越接近刑场了，他回过头，看见俘虏昏昏欲睡，就停了车。

"小子，美的你。"他狠狠地想，拿出一包饼干，一块一块向俘虏嘴里塞，俘虏大声嚼着，眼里满是感激。

一包饼干吃完，他又给俘虏灌了几口水，俘虏的精神气恢复了，基本恢复到了他满意的程度。他兴奋地拍拍俘虏的肩，又开动了车，转过前面一片沼泽，再过一片树林，就到刑场了，到时，冷冰冰的枪管对着那小子的脑袋，还不让他尿裤子。然后，"勾叭"一声，再然后——

一发炮弹落来，在车的左边不远处爆炸，车一晃一冲，向侧面冲去。突然，俘虏趁着这个机会一个翻滚，落在地上。

还没等他醒过神来，车已经落进沼泽中，没影了。他；也被厚厚的泥浆包裹起来，不敢动，生怕越动沉得越快。

但，泥浆禁不住他的重量，他在缓缓下沉。

这时，旁边要有一个人，一搭手，就能救出他，可没有——不，有，是他的敌人，在旁边岸上，咫尺之间，瞪大眼望着他。

他不想求救，向敌人求救，他无颜死去见妻儿，

他慢慢下沉，再下沉。

就在泥浆将要及胸时，他看到，那个俘虏用捆绑的手抓住池旁一棵

树，把一只腿伸过来，堪堪伸到他面前。

"抓住它！"俘虏喊。

他愣愣地，然后伸手抓住那只脚，在俘虏使出吃奶劲的情况下，一寸一寸靠了岸，然后爬上来，精疲力尽。坐了一会儿，恢复了体力，他给俘虏解了绳索，说："你，走吧！"

俘虏望望他，没说什么，站起身，向远处的树林走去，走了大约二十来步远，他缓缓地掏出枪，朝着俘虏"叭叭"两枪。

俘虏没有倒下，回过身，惊讶地望着他。

他挥挥手，走了。他想，回去后，总得对将军有个交代吧。

老王的秘密

镇处南北，水路通船，旱路通车，因而人多。人一多，商铺就多，一个挨一个，鳞次栉比，很是繁华。

税务所在镇的西头，门前一道水，一排柳，一弯小桥。过了桥，就到了镇上，风景很美。所以，调到这儿，小李很满意。

小李一来，就被分到老王一组，在镇上收税。

老王四十多岁，笑眯眯的，一副弥勒佛的样子，可嘴皮子挺能说，什么税收取之于民用之于民啊，什么经商交税天经地义啊，头头是道。再加上，他在这儿人缘好，见了商户，哈哈一笑一提醒，税就交了。

小李很佩服，说王哥，教教我，怎么干的？

老王满脸放光，眉飞色舞，扳着指头一条条往下教，首先，要和商户交心；其次，要想他们所想。然后，指指心，一颗心要放正。

小李听了，连连点头说，收税还有大学问呢。

老王笑，当然，跟着王哥学着吧。

学着学着，小李就发现了个秘密。收税时，有家叫"湘湖服装超市"的商铺，老王特怕，总是绕着走，不去硬碰。暗地里却指使小李，这一家，你去收，把关要严噢。

一次，老王从镇上回来，愤愤地说，瞒税不报，还动粗。

小李一听，问怎么的？

老王指指自己的耳朵，问，是不是红了？

小李一看，哟嗬，耳朵明显被人扯过，不但红，还充血了，忙问，哪一家？

老王没好气，说还不是"湘湖服装超市"。小李一听，拿出手机就拨号。老王问，干什么？小李很生气，说给派出所，打税务人员，这还了得。

老王急忙放下茶杯，一把拉住，说老弟，千万别打。

小李望着他，很是不解。

老王笑笑，解释，揪一下耳朵没啥，人民内部矛盾嘛，千万别打，否则，加深税务人员和商户矛盾，不利于工作，不利于和谐啊。说完，他一拍脑袋，对小李说，通过一段时间观察，自己觉得，小李工作能力超强，有足够能力拔除钉子户。

小李笑笑，说给我戴高帽子，不会让我去"湘湖服装超市"拔钉子吧？

老王一听，连连点头，许下重赏，拔下这颗钉子，自己晚上在"好再来"为他庆功。小李被一夸一诱惑，一拍胸脯，走了。

老王不放心，送他出门，叮嘱道，那娘儿们刁，眼睛放亮点。

小李点头而去，没想到，去了，一切办得出乎意料地顺利，他很激动，忙给老王打个电话，说拿下了。

老王问，拿下了？地下仓库还有衣服，知道不？

小李说啥，还有地下仓库？

老王说咋样，那娘儿们刁，快去查。小李一听，去找老板娘。老板娘听了，叹口气，带他去了地下仓库，里面果然存着衣服。一清点，五千来件。小李正登记着，老王又来电话了，听说五千件，马上断言，

货物转移了，还有五千件。

小李说地下室就这么大啊。

阁楼，狡兔三窟，她还有个小阁楼。老王提醒。

小李转身，提出去阁楼看看。

老板娘又叹口气，说，看吧看吧，我知道瞒不了。

小李完成任务，兴冲冲回到税务所。老王一见，呵呵直乐，一把拉了他下馆子，道，拔了钉子户，王哥给你庆功。二人坐下，三杯两盏，小李又疑惑了，问王哥，她进货的情况，你咋那么清楚？

老王得意地道，她咋会瞒我？

小李呆了，她扯你耳朵，啥事又不瞒你，王哥，别——别是相好吧？

老王一皱眉道，做我相好的，她呀——不配。

那顿酒喝的并不多，老王走出来，却摇摇晃晃。小李忙去扶，老王说不用，我是装的。看小李疑惑不解，解释道，醉了，就不会受惩罚；不然，这耳朵怕不得让"湘湖服装超市"女老板给揪掉。

她敢？小李问。

她就敢，刁着呢，而且经常这样。老王摸着耳朵道。

为什么？

她是我——老婆！

羊儿的乳名

他进了城。

城，离老家并不太远，高速路修通后，也就是三小时的路程。可

是，一年里，他很少回去，一般都是过年回去一次。平日里很忙，在城里有工作，有交际，有朋友。总之，城里有他的一切，走不开。

娘就打电话，娘说，儿啊，啥时候回来啊？

他说忙呢，走不开呢。

娘说，你不是说喜欢吃山里的羊肉吗，娘准备喂一只羊。

他听了急了，娘已经近七十的人了，身体又不好，喂只羊，那咋行？到时候羊绳子一绊，娘就会摔倒，那可不是小事啊。因此，他忙劝道，娘，要注意身体，千万别养羊。

可娘不听。娘一旦主意定了，谁也扭不转。

娘买了一只小山羊，用根绳子牵了，整日拉着上坡去。以后每次来电话，娘总会高兴地说，小山羊长得很快，还很听话，自己走到哪儿，它总是跟到那儿，一会儿不见，就会叫，像个恋娘的孩子一样。

妻子在旁边听了通话，咯咯地笑，说老人如小孩，真逗。

他也无奈地笑笑，挂了手机。

爹过生日的时候，他打电话回家，让爹和娘进城来住段日子。爹来了，娘却没来。爹说，你娘没空，说自己走了，小羊没吃的。然后，爹就摇着头，说为这只羊，你娘可上心了，每天一早起来，拉上羊出去吃草，自己吃没吃都不放在心上。还说，一次，小羊病了，娘竟喂小羊豆浆喝，怕烫了，还自己尝尝。

妻子听了，又笑，说老人真逗。

他也笑，觉得娘真的越老越像个小孩了。

到了腊月，娘又打来电话，又说起小羊，说有小贩上门，想买羊呢，一斤二十块，贵着呢。妻子在旁边听了，笑着轻声对他说，老太太动心了，想卖钱了。

他一笑，在电话里随口道，那就卖了吧。

娘说，卖？不卖，舍不得。

他关了手机，望着妻子，满脸幸福。妻子也一笑道，过年有羊肉吃了。

他听了妻子的话，也满是向往地说，到时，我要吃清蒸羊肉、红烧

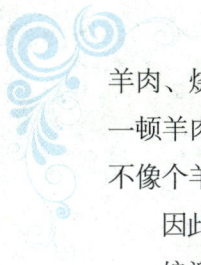

羊肉、烧烤羊肉。说着说着，大吞馋涎。现在，羊肉涨价了，在城里，一顿羊肉要花几十块呢。而且，城里的羊肉总少了山里羊肉的那种味，不像个羊肉。

因此，年假一放，他就和妻子回家了，进门就喊，娘，炖羊肉吃。

娘迎出来，伸着双手，张着嘴，只是笑。

爹说，羊没杀。

为啥？他不解地问，卖了？

娘摇着头说，它像个娃儿一样，紧恋着我，我下不了那个念头。

他和妻子对望了一眼。

这时，那只羊儿也跑来凑趣。羊儿不大，却胖，浑身雪白，脖子上挂着一串铃铛，一路跑着，洒下一串清凌凌的铃声，跑到娘跟前，抬着头，咩咩地叫着，还用嘴拱着娘的手，如一个撒娇的娃娃。

娘满眼慈爱，摸着羊儿的头说，看看，多像个懂事的娃儿啊。

这时，他才注意到，羊儿脖子上挂着的那串铃铛，竟然是自己小时，娘戴在自己手腕上的那串小铜铃。那时，他张着手，跟着娘在田野里跑着，一串铃声流淌，如一串花朵在风中盛开。

田野里，有他稚嫩的笑声，有娘幸福的笑声。

这一切，都消失了，消失在岁月深处。

娘说，羊儿饿了，要吃的。说完，拿了些晒干的青草向外走去。羊儿没跟上，娘回过头喊："旺儿，快！"羊儿听了，咩的一声叫，飞快地跟了上去。

望着娘的背影，和紧跟在娘腿边的羊儿，他的泪突然滚了出来。

羊的名儿叫旺儿。

他的乳名，也叫旺儿啊！

飘雨的小巷

雨一下，小巷就湿：青石板的嘛，容易着雨。

雨中，木门"吱呀"一声开了，一张水水白白的脸儿望出来，是芽子，见我一笑道："你就是才来文化站的那个诗人呀？"

我愣愣，也一笑："什么诗人啊，混得没路走的人。"

她说："现在写诗的都没路走。"说完，一笑。青青的石板上，浮起湿湿的水汽——青石板真的着雨呢。

见的时间次数多了，我渐渐知道了她的一些事。

她喜欢写诗，每日窝在家里，读书、看报、写写诗，气得她妈叨咕："这女子，想和诗过一辈子呀？"她笑，回嘴道："就是的啊。"

也有人上门求亲，被她木门一关，"吱呀"一声关在外面，其中也包括县里有名的建筑商陈老板的儿子。因此，下一次，当她打着一把伞，在如烟的细雨里来到文化站时，我漫不经意地问："多好的人家啊，怎么不应了？"

"谁？"她睫毛一翘道。

"陈少爷啊！"

"花花公子，草包一个。"她眼一闪，笑道。

"有钱呢。"我说。

"俗！"她说，扔下她的稿子，走了。外面，雨如蛛丝，罩着天地树木，水墨画一样。

以后，她就常来，谈诗，论文。时间，一寸一寸爬动着；我们的心，也一寸一寸贴近。这时，她写的多是情诗，让我改。她一脸晕红，坐在我面前。我的心也小兔一样，沿着无边无际的草地跳跃。

再以后，我就不只写诗了，什么都写：故事、小说、散文，一篇一篇地发。她见了劝我："挣命啊？那样来。"我笑着说："我要挣钱，

买房，置家具。"

"干啥？"她问。

"娶老婆啊。"我笑。

"谁？"她眼睛睁大了。

"芽子！"

她眼睛又睁大了，望着我，轻声问："真的呀？真的吗？"见我点头，她笑，手指一弹我的鼻梁，"你真坏，吓我一跳。"说完，跑了，跑入雨中。细雨，慢慢隐没了她的身子，也隐没了小镇。

就在我们商量结婚后的几天，她来了，坐在我面前，望着我，许久问："也不问问我这几天哪儿去了？"

我说准备嫁妆去了呀。

她说不，她去看陈老板的少爷去了。她说不打算和我结婚了，她——她爱上了陈少爷。在陈少爷那儿，她已变成了他的人，要嫁给他了。

"为什么？"我望着她，一字一顿。

"他有钱，帅气。"她说。

"你——无耻。"我骂。

"随你说。"她一副死猪不怕开水烫的样子。

"你卑鄙。"我道。

她笑着，望着我。我扬起手，准备抽她一个耳光。可我举起的手却猛地停住了，我知道，她故意激怒我，让我打她，想借这一耳光消除她心中的愧疚。我不上当，不打她，我要让她背负一生的良心债，永远无法安宁。

我走了，无言挥别小镇细雨，却把一个心结死死系在她心中，让她一生一世无法解开。

来到江南半月，我接到小镇朋友的电话，她死了。我愣了一下，觉得，她虽然抛弃了我，于情于理，我也应该回去看一下。

又一次，我回到小镇。又一次，我见到小镇细雨。

细雨中，她的母亲走出来。这时，我才知道真相，她离开的几天，

是身体不适，出去检查，结果出来，竟是绝症。她母亲说，她走时，留给了我一件礼物，拿出来，是一张照片，她在照片中，仍在望着我笑。

我无言地沿着小巷走去。

小巷又落雨了，箫音一样细，可是，小巷却湿了，湿漉漉的。青石板小巷哎，真的着雨呢。

你若盛开，清香自来

大学毕业，分到单位，他做了冷总的助手。

冷总，是大家对冷总工程师的简称。他以为冷总是个老头子，见了面，则大惊，眼前是个三十左右的书生，一副眼镜，见人一笑，很少说话。

这样的人，做学问可以，在外面搞规划搞建设，悬乎。跟着他，能学到什么？他的心中，有些微失望。

他想，现在，自己和这位冷总算是一根线上拴的蚂蚱了，他得替冷总悠着点，努力向外推介冷总：推介冷总，也算推介自己。

他觉得冷总的话太少，对个人介绍得很少。因此，每次参加什么研讨会学术会，他会极力钻进人群，尽心尽力指着冷总向大家介绍，什么国内著名建筑大师啊，曾经获得过什么奖啊等，一一道来。每每说到这些，冷总都会拦住他，悄声问："说谁啊？"

他得意地道："说你啊！"

冷总摇着头，连连道："没有的事，别胡吹。"

他却大不以为然，现在这社会，什么都可以不需要，唯独不能不包装。他看了冷总名片，也十分不满：一张破纸片，上面印一个名字，一

个电话号码。这怎么行?

他重新设计了一套名片,装潢精美,银线镶边,上写:国内知名建筑大师冷星,总工程师。然后,印上电话号码。当然,也没忘了在下面印上冷总助手的名字和电话号码。这样做,一石二鸟,冷总扬了名,自己也逐渐为人所知。

他把这叠名片送给冷总,满心以为,冷总会十分满意,大夸特夸。谁知冷总却很不高兴,说道,人应走扎实点,怎可大吹特吹呢。说完,把这叠名片锁进了办公桌。对外,仍用自己的旧名片。

他长叹,这孩子看不清市场形势,跟不上社会大势,看样子,活该他"冷",只是害得自己受憋。

可是,事实恰恰相反,几个月下来,他惊讶地发现,这位冷总的生意格外火爆,来找冷总规划工程的人络绎不绝,有一件还是本市标志性建筑。

他跟在冷总身后,一时乐呵呵的,忙得不亦乐乎。

私下里,他请教冷总,询问他工作业绩如此显著人气如此之旺的原因。冷总推了下鼻梁上的眼镜道:"你若盛开,清香自来。"

这句诗一样的语言,让他如品橄榄。

随着时间流逝,逐渐的,他也想主持一项工程。他想,这样一来,自己也就可以像冷总一样了。可是,想法刚端出来,就遭到冷总的批评:"你这是侥幸,是冒险,坚决不行。"

"为什么?"他问。他的理由很充足,自己名牌大学建筑系毕业,导师也是建筑界元老。现在自己出学了,又跟着冷总一起,实战演习一年,可以接一件工程了。

"你那么多生意,分一项我来干,不是很好吗?"

冷总摇摇头,仍不答应。

"怎么,我不会抢你的饭碗?"他有点愤怒。虽说,他是冷总助手,可由于年龄相当,两人几乎成了无话不谈的朋友。

冷总并没生气,翻出个笔记本,一条条指给他看,哪月哪日,在一项工程中,他提议所用钢筋标号不行;哪月哪日,在一项工程中,

他所提议的水泥质量不达标；哪月哪日，在一项设计中，他的建议没被采纳。

事情记得清晰明白，让他目瞪口呆。

冷总拍拍他的肩，告诉他："建筑无小事，稍一侥幸，事关人命，大意不得。"冷总说话，句子很短，很干脆。

又过了一年，一日，市委搞一项工程，点名要冷总主持。冷总愉快地接受了任务。可是，天有不测风云，突感身体不适，一检查，需要住院一年，面对工程，冷总犹豫不决。

他见了，劝冷总住院，工程，自己可以主持，翻不过梁的，可以请教冷总。冷总想了一会儿，拉着他的手道："就这样。"于是，工程，以冷总的名义，在他的主持下，一步步展开。

半年后，工程圆满结束。全市电视抽查，市民对工程质量满意度竟达到百分之百，一时，轰动全市建筑业。大家议论纷纷，都说冷总又放了颗卫星。

为此，市里召开了一场新闻发布会。会上，大家纷纷请冷总做经验介绍。冷总一笑，推出他道："这是我的助手小李主持的，其间，我一直住在医院。"

他被推上前台，一时，大家睁大眼睛，掌声如雷。

他成功了。会议结束，他送冷总回医院，冷总笑了，告诉他，不用了，自己本来就没病嘛。他愣了一下，接着醒悟过来。原来，这是冷总在给他创造机会啊。

"谢谢你，冷总。"他感谢地道。

"要谢应谢你自己，是你自己给自己创造了机会。"冷总笑着说。

这一刻，他理解了冷总那句"你若盛开，花香自来"的意思了。要赢得机会，赢得成功，首先，自己应有实力，有才能。这，才是推介自己最好的方法。

掉啥别掉身份证

背　叛

　　他喜爱当兵，做一名战士。原因很简单，他爱战士的装束和荣誉，顶盔贯甲，大红斗篷随风猎猎飞扬。那，已不是一种着装，在他心中，那已成了一种英雄的标志。

　　他出生在一个诗书世家，父亲是当世一位鼎鼎大名的书法家兼诗人。

　　一天，父亲将他和他的哥哥们叫到一块，让他们各言其志。

　　大哥爱读书，文采不凡，因而说，愿凭一支笔，一方砚，在科举场上蟾宫折桂。

　　父亲很高兴，捋着长长的胡须，说，诗礼之家，正当如此。

　　二哥爱画画，而且在画坛已有几分名气，于是说，只想高隐南山，采菊东篱，闲来画几笔兰竹，如父亲一样。

　　父亲大乐，击节赞叹道，清爽之气，充溢一身，归隐南山，后继有人。

　　到了他了，一言不发，站在父亲面前。大家都望着他，父亲也望着他说，文显，说说，你以后准备干什么呢。

　　他吞吞吐吐了半天，说，顶盔贯甲，跨马扬鞭，令旗一指，千军如一，希望做一个将军。

　　父亲望望他，叹一声，又望望他，再叹一声，道，一将功成万骨枯啊。

　　那句话，如一击重锤，撞在他的心上。可他仍申辩道，一个将军可以让世界血流成河，也可以造福世人哪：做好事做坏事关键在自己的

心，而不在于所处的位置。

老父亲望着自己的小儿子，很久很久，说，有些事，身不由己，须知食君之禄，忠君之事呢。

他望着老父亲的脸，似懂非懂。

一晃几年过去，他长大了，毅然而然地选择了自己喜爱的职业，终于穿上了从小就羡慕不已的军装，挎弓提刀，盔明甲亮，气宇轩昂。由于他聪明能干，能文能武，因而，很受将军的赏识，被将军要到身边，不久，就提拔为亲军队长。

如果事情就这样平稳地发展下去，也许，不用十几年，他就能混成一位将军，然后封侯拜相，荣归故里。可是，事情，却在一夜间发生了变化，战争发生了，这是他做梦也没想到到的。

他的国家太强大了，强大到在那个时代已成为霸主。他想，没有哪个国家敢于捋虎须，来侵犯自己强大的国家。可他从来就没想到过，战争，不光是别国侵略自己，也有自己侵略别国的。

这次，就是自己国家侵略别国，国王美其名曰"救民水火"。

将军，成了这次侵略战争的总指挥，他，也理所当然地跟着将军成了侵略者。

仗，打得并没有想象中的顺利：大国有侵略的军队，小国有抵抗的力量。而且，由于是保家卫国，他们的抵抗竟然是空前的英勇。

进攻延续到第八天，他们依然被阻于城下，举步维艰。将军无法，只有派人进城去劝降，说，如果降了，既往不咎；否则，进城之后，鸡犬不留。

劝降的人雄赳赳而去，灰溜溜地回来，回话说，城里人不降伏，只是说将军暑天辛苦，送一坛好酒犒劳犒劳。将军小心翼翼地打开，一闻，竟是一坛尿。

将军大怒，拔剑剁地，发誓一定要攻下城池，让城中要鸡犬不留。

再坚固的城，也有被攻破的时候。在第十五个黄昏，城门终于被爬城的部队打开。一时间，喊杀声、刀枪声、哭喊声，响成一片。整个城市仿佛末日的来临，淹没在血与火之中，三天三夜，最终，烟消了，火

熄了，可城中也鸡犬无声了。

三天中，他仿佛处在恶梦中，他不相信这些是事实，他也不敢相信这是事实。

他跪在将军面前，苦苦地哀求将军饶恕一城生灵，可被将军拒绝了。将军咆哮道，死了我多少兄弟啊，给了我多大侮辱啊，不杀尽此城生灵，我誓不为人。

到了第四天上，一座城成了一片丘墟。

这天，他跟随着将军巡城，有卫兵来报，城里还有两个小孩没死，已被抓了起来。

将军瞪着狰狞的目光，狠狠地说，推来。

孩子被推了过来，是两个男孩，一个六七岁，一个四五岁，原来躲在地窖里，被寻了出来。孩子们爬在地下，瑟瑟直抖。

将军望望地上两个瑟瑟着的生命，又望望他，脸上挂着冷酷的笑说，卫队长，听说你三天里，刀都没有出过鞘，好啊，今天，就让你的刀尝尝鲜吧。

他浑浑噩噩地从将军身后走上前去，一步一步，慢慢地慢慢地走过去，抽出刀，向孩子们走去，在将军亮亮的目光下。突然，闪电般的，刀光一闪，飞快地从肋下反插过去，准准地插进了将军的胸膛。将军瞪着惊愕的眼睛望着他，说，你——你这个叛徒。然后倒下，断了气。

一场战争，由于中途失帅而匆匆结束。

战场上，也失去了他和两个孩子的踪迹。

多少年后，隐居在深山里的他，临死前，对那两个被救的孩子无限坦然地说，我背叛了我的信仰，我的国家，可我没有背叛人性，没有背叛人类。我终身无憾。

被埋葬的魂灵

一

是年三十。

小村口，一对老人颤巍巍地站在那儿。风，扯着棉团一样的雪花，乱飘，天地一片混沌。小村，在雪中盛开着喜悦和热闹。

偶尔地，这儿点缀一串鞭炮，那儿炸响一串孩子们的笑声，叽叽喳喳，鸟雀一般。

"别等了，不会回来了。"老头劝道。

可老太婆却一动不动，任风扯着她的头发，扯成严冬里一枝孤独的芦苇。她睁着模糊的眼，努力地向远处望去，天地之间，一片混沌，什么也没有。

风，在吼；雪，在飞。

她长长叹一口气，慢慢转过身，喊："春生，走——！"她喊时，声音里充满了慈爱、亲切，好像对待自己的孩子。

老太婆在雪地里蹒蹒跚跚地走着，后面，跟着老头；再后面，跟着那条叫春生的狗。

他们的脚印在雪地印成三行，迅即，被雪掩盖。

二

又到了一个年三十。

小村口，站着一位老人，那个老太婆。她比过去更显得老态龙钟

了。身边，跟着那条叫春生的狗。没有了另外一个伛偻的人影，那个老头。他已经卧在了村口的土堆中，说，死了，也要望着他回来。

老太婆站在土堆旁，仿佛依着老头，向远处望去。

夕阳已经过河了，家家户户响起了鞭炮，吃团年饭的时候到了。有性急的人，门上已挂起了红灯笼，也挂起了一派祥和、喜气。

有划拳声，打破山村的宁静。

老太婆的头发，在夕阳下，翻飞成一朵蓬乱的棉花。

一年中最后一轮夕阳落下，老太婆揉揉眼，说，老头子，没有回来啊，他没有回来啊。

她坐在土堆旁，对老头子喃喃细语，仿佛老头子能听得到她的话似的。春生，那条狗，在她身后摇着尾巴，仿佛在安慰着她。

三

一转眼，下一个年三十又到了。

小村口，堆着两个土堆，夹路而卧，仿佛一对老人，在双双地坐等着什么。一只狗，春生，在坟前环绕着，呜咽着，如一个失去父母的孩子。

老头走了，老太婆也走了。它，成了一只流浪狗。

它不知道老头子怎么了，它也不知道老太婆怎么了。但它知道，他们的气味在这儿，它，就不能离开他们。

他们，也一定离不开它。

每天，在村子各处填饱肚子，它就会跑到村口，在两个坟墓前转着，叫着，声音拖得老长老长，像一声一声呼唤，又像一声一声诉说。

今天，它又如过去一样，来到这儿，只是脚步慢了，沉了，它已经病得不行了。

天空，云很厚，雪花纷纷扬扬，落在它身上。后来，它不叫了，哼

哼唧唧地卧在地上，任雪花落下，铺在它的身上，一层一层，堆成了一个雪堆。

第二天，太阳升起，白雪融化，可那条叫春生的狗卧在那儿，一动不动，死了。

四

村里人把狗埋了，在土堆前立了一块墓碑，上写：春生之墓。

他们说，他们葬了村子有史以来最通人性的一条狗，让它陪伴着两个老人，在那个世界，他们仨一定不会孤独的。

同时，他们用这个坟墓，也埋葬了一个背弃故乡的灵魂，他就是这两个老人的儿子。他早已抛弃了两个老人，随一个富婆去了远方，去了，就再也没有回来。

他的名字，叫春生。

掉啥别掉身份证

我去办事情，走在半路上，把手往衣袋里一伸，呆住了：身份证丢了。

身份证丢了，这还了得。我的汗"唰"地一下前赴后继地冒出来了。忙低着头，沿着自己走过的路线寻找，忙中出错，一头撞在电杆上，眼前金星直冒。顾不得痛，我继续寻找着，可寻了半天，也没见身份证的影子，暗自想，是不是丢在家里了，还是回家去找找吧。

走到家门口，按了门铃。门开了，走出来一个老太太，是我母亲。

我忙往进走，边说："妈，我回来拿个东西。"

老太太手一伸，拦住了我，问："你喊谁妈？你是谁？"

我吃惊了，心说，老太太真是人老糊涂了，连自己儿子都不认识了，就说："我呀，你连自己儿子都不认识了？"

母亲仔细地打量我，很坚定地说："有点像我儿子，不过不是我儿子。"

我有些急了，说："我真是你儿子啊。"

老太太手伸出来，说："拿来！"

我问什么。老太太理直气壮地说："身份证！"一句话，让我张口结舌半天，嗫嚅着："身份证让我丢了。"

"哼，骗子都是这样说。这点小伎俩骗得过我老人家吗？知道我是什么出身？干了一辈子银行工作，和身份证打了一辈子交道，没少遇见过你这样的人。"看着我灰头土脸的样子，老太太得意地背着手，回了家，"砰"地关上门。

我在门外傻傻地站着，过了一会儿，听到脚步声，一抬头，心里一喜，对面一个老头提着个鸟笼子走了过来，是我父亲。

我长出了一口气，可以进门了。

"爸，你怎么才回来啊！"我埋怨道。老爷子抬起头，盯了我一会儿，自言自语道："这小子眼熟，是谁啊？喊我爸。"

我急了，说："我是你儿子啊，只一个早晨功夫，连我都不认识了，怎么了？"我伸手想去摸摸我爸的额头，看是不是老爷子发高烧。

老头子很生气，一掌打落我热情的手，说："放严肃点，嬉皮笑脸的，从哪儿来的？说，干嘛要假装我儿子？"这位老公安又恢复了本来样子，围着我，双眼如鹰，很审慎地观察着。

"我真是你儿子，"我很委屈，伸着双手申辩。

"有点像，不过，不一样的特征也是一眼就能看出来的。有身份证吗？"老爷子想想，拿出了杀手锏，

"让我丢了。"我有气无力地说。

"干了几十年公安，这样的借口我没见一万，也见了九千，赶紧走，不然我打电话告诉警察了。"一句话，让我很无奈地退出了楼道。

身后，传来我爸的话："现在的小伙子啊，什么不好干，要当骗子。"说完，进了门。

我躲在楼道外的假山后，假装没听见。我想，再等一会儿，妻子回来后，什么都可以大白于天下了。正想着，高跟鞋声"叮叮"地响，一个苗条的身子走了过来，正是妻子。

我很高兴，一下子跳了出来，叫道："终于回来了，你。"

妻子停住，水汪汪的眼睛审视了我一会儿，把手袋紧紧抱在怀里，说："你干什么？你想干什么？告诉你，我可是体校毕业的。"

"我啊，你老公啊。"我说着，很动情地想拥抱一下她。

"站住！"她一声喊，吓了我一跳。只见她马步下蹲，粉拳紧握，柳眉倒竖，吓得我连退了几步。她真的会几招，虽说"三脚猫"，对付我还是绰绰有余的。

"我真的是你老公啊，你怎么了？"我急忙表白。

"拿出身份证！"妻子命令。

"丢了。"我耸耸肩。

"骗子，我在工商局没少见你这样骗子。"妻子说完，出其不意一个扫躺腿，让我一下子倒在地上，待我爬起来，早已不见了妻子的影子。

我很失望，也很饥饿，垂头丧气地向单位走去，现在唯一的办法，就是让同事们集体到我家去，向我家人证明我是谁。

进了单位大门，照壁上有一面大镜子，我一照，吃了一惊：一个人，额头上一个大大的包，细看，有点像我；再看又有点不像我：这是谁啊？我又是谁啊？

我急了，忙把手伸到衣袋里，想拿身份证来证明我的身份，可，摸了个空。

我究竟是谁啊？

无法，我把整个民政局的同事都喊来，让他们认认我是谁，全局

七十多人摇头，都说面熟，可不认识。

"我在你们这儿工作了十多年了啊，你们不认识？"我提醒他们，让他们想想。

"你是谁？"他们睁大眼睛。

"是你们的同事啊！"我辩解。

"拿出身份证来！"他们异口同声地喊，声音空前地响亮。

小 城 文 人

古玩一条街，在城的背水处。沿河走去，一座石桥，桥那边，垂柳依依，街铺古旧，有一种燕子来去、古巷幽然之感。

王布衣在星期天，爱去转转。

王布衣不叫王布衣，原名王亮山，平时教书，写写字，喝喝茶，喝着喝着，就喝出了一种世外味，自名王布衣。一般人喊王亮山，答应。文化圈人喊，是万万不应的，道，喊王布衣。

一来二去，当校长的王亮山，就成了王布衣。

王布衣教书之余，爱逛古玩街。

每天，下班之后，王布衣不坐车，款款地迈着步子，去了古玩街，一个铺面一个铺面看，有时，也淘点小玩件，或一个鼻烟壶，或一个笔插，总之，花钱不多，纯属消遣。

"布衣，世外之人，也好此道啊？"有朋友讥笑。

王布衣微笑，掸掸衣袖道："不在别的，在陶冶身心而已。"说得大家点头，都说是是，玩物而不丧志，才是真名士。

王布衣挥挥衣袖，施施然而去。

一日，在古玩街漫步，忽见一书画店名"翰墨轩"的，走进去，一个白发长髯老头端坐椅上，双眼如电。面前桌案上，放一幅字，老人凝目细思，不时用手指敲敲额头。

王布衣迈步过去，也细看那字帖，一看之下，大惊，只见宣纸之上，烟云满纸，下面题款：眉山苏氏。

"不像啊！"老人自言自语，"可印章又不假。"

"绝非大苏手笔。"王布衣细细揣摩，终于忍不住了，接茬。

老人抬起头，望着王布衣，等待他说下去，王布衣用手点点字，道："此字虽有东坡先生笔法，但字体不够丰润，须知，东坡先生自称其字为'墨猪'，可见其肥。"

老人点头，道："老朽也是这样想的，可印章是苏子手法不错。"

王布衣一语道破："此为东坡先生之子苏迈之作，苏迈笔记载，他有一方印章，为东坡先生手刻。"

一语惊醒梦中人，老人连敲额头，道："闻君一席话，胜读十年书。"忙请屋内坐，一人一杯茶，谈起书画典故，不时互叹相见恨晚。

以后，无事时，王布衣必去老人处小坐一会儿。

一天去时，看到老人案头有一花瓶。走进细看，王布衣眼睛睁大了。

花瓶为白色，通体有裂纹，细小如蚊足，却又清晰可见，敲敲，叮叮作响，有金玉之声。不由脱口道："冰裂纹瓷。"

老人抿须微笑道："清代瓷器！"

王布衣细看，杯底果有印章，道："乾隆三十八年制。"拿在手里，迎光细看，胎薄如纸，但条条裂纹清晰可见，赞叹再三，道："有一事恳求，不知老先生能答应不？"然后，告诉老人，自己最近有一难事，想求人，那人特爱古董。

老人一愣，微笑道："理当相让。"

王布衣呵呵大笑，掏出一万元成交，小心包好，出了店，并不回家，拦一辆车，直接去了城里最著名的"城建建筑公司"经理家。

忽一日，"翰墨轩"主人正在饮茶，门外人影一闪，一人走进，

正是很久不见的王布衣，拿着那件瓷器，放在桌上："老人，你这是赝品。"

"一万元岂能买得冰裂瓷花瓶？"老人撩起眼皮道。

"幸亏人家没见怪，否则，就坏了事了。"王布衣长叹。

老人没说什么，援笔铺纸，吟一下诗：我买赝品，君做假人。同出一辙，何所言云？然后，做一个送客的手势。

王布衣想说什么，可叹口气，走了。

两天后，老人来到王布衣家，道歉道，老朽用世俗眼光看先生，以为你巴结领导，去送古董，没想是为了改建教学危楼，去求助犬子，老朽今天特来赔罪。

原来，老人，就是教育局长的父亲。

白合的百合茶

于品爱喝百合茶。

在清亮的早晨，或者安静的黄昏，坐在办公桌前，品一杯百合茶，看一份报纸，是一种最惬意的享受。

可惜，于品享受不上。因为，于品是职员，不是领导。不是领导，就无法享受领导的待遇。

所以，喝百合茶，坐在办公桌前，看一份报纸，就成了于品挥之不去的梦想。

每次，泡一杯百合茶时，于品都会这么想。

于品看着水冲进杯子，一粒粒茶芽在水中展开，如波光潋滟的美目，于品就会想起白合水汪汪的眼睛，就下决心，一定要坐在办公桌

前，让白合在人前有面子。

于品品一口茶，一种百合花的香味，直透舌尖，沁入脑门；另一缕穿喉过胃，渗入脾脏。一个人，也在一缕百合香中，空灵剔透。

于品所喝的百合茶，是妻子白合焙制的。

于品家在山里，山水青葱，空气如洗。这儿，是茶乡，漫山遍野都是茶树。一到三月间，茶芽如蚁，鹅黄嫩绿，正是采茶的好时候。

这时候，白合就会提着篮子，上了山坡，在清清的露水中，采摘茶芽，一个早晨一篮，回到家，焙了，揉了，阴干，放在瓮里。然后，再抓把前一年焙制好的百合花，放在瓮中。封住瓮口，半月之后，就可泡喝。

百合茶的美，不只在香味上，也宜于观赏。

一杯百合茶泡开，茶汤嫩绿，如山里女子的爱情，洁净，透明。水里，漂浮着一朵两朵百合花，红的，如宝石；白的，如珍珠。

每天早晨，于品上班，必泡一杯醒神。

那天，刚泡好，局长路过，看见，眼睛一亮。

局长好茶，全局闻名。

局长笑笑，拿起于品的杯子，看看，又细细地嗅着，赞道："好茶，隽品！"

于品也一笑，局长走时，于品很随便地从抽屉里拿出一包，说："局长喜欢，就拿去尝尝。"

局长没有推辞，很愉快地接受了。

以后，隔三差五，于品就会往局长那儿跑。局长的杯子里，再也不缺百合茶了。随后，党委书记的杯子里，副局长的杯子里，都出现了百合茶。

采茶的季节，白合就更忙了，在电话里发牢骚："茶，茶，哪来那么多茶？"

于品就软软地求："白合，好白合，你就辛苦点吧。"

白合无法，就请人采，或者收购别人的茶，制好了，包装好，一盒一盒送了上去。单位的局长、党委书记、副局长，也都有了百合茶，隔

三差五地，还给上头送一盒。

大家喝着百合茶，觉得于品很会做人，都很喜欢他。

不久，于品就当了科长；再不久，副局长调走，于品就当了副局长。

当了副局长，于品终于实现了自己的愿望，坐在桌前，一杯茶，一份报纸，生活得很写意。

有时，还可以到外地去考察考察，玩得潇洒，而且快意。

一次，当着白合的面，于品接了一个红包，打开，四千元钱。

白合见了，心惊肉跳："你，你怎么干违法的事？"

于品笑了，很得意："现在都是这样，不然，当官干啥？你以为那些百合茶白送人的吗？我要本利兼收。"

白合默默地睡了，那夜，辗转反侧，怎么也睡不着。第二天一早起来，就回了乡下，说茶能采了，焙一点，好送人。

于品听了，眉开眼笑。

一个月后，茶叶送到，一盒一盒，黄丝带扎着，很好看。上面标注了，给局长多少包，党委书记多少包，上头的领导多少包。

茶叶送上去，几天后，于品的副局长被撤了。

原来，盒里不是茶叶，是一些树叶。

再半年，单位几位领导被捕：在建筑上合伙受贿。而于品却一杯百合茶，闲闲地喝着，喝得滋润，喝得坦然。

断　臂

在山城，周三蛇羹，十分出名。

周三蛇羹，出自家传。当然，也加入个人独创，极具特色，声名

传遍南北十三省。因此，来山城的人，找个店住下来，一壶茶后，无论如何要去周三小馆，尝尝蛇羹。尝罢，一抹嘴，满意地道："不虚此行。"

周三蛇羹出众，首在选蛇上。

周三用蛇，只选一种——桑树根。桑树根，那可是巨毒蛇。是巨毒，才有鲜味，有仙味。吃后，可补肾壮阳，化毒治病，活血生津。常吃周三蛇羹，身体倍棒！

周三用蛇奇，斩蛇更奇。

周三斩蛇，不是技术，是艺术。小城人爱艺术，什么事，都讲究自然流畅水流花落。周三斩蛇，手法行云流水，毫不拖泥带水。右手执刀，左手一闪，伸入布袋，捞出一条扭动的蛇，刀光一晃，蛇头划出条优美的弧线，远远飞开。周三眼皮也不动一下，左手一翻，扭动的蛇身，已挽在胳膊上，如麻绳一般。右手抓住蛇皮，一扯，"呼啦"一声，完美无缺拿在手上，像女人脱健美裤一样利索。

大家一见，连连赞道："周胖子，好功夫。"

周三一笑，撇一下胖嘴，右手刀顺着左手臂的蛇身盘旋滑动，一条蛇一剖两半，手臂毫发无损，甚至没有白印。继而，刀尖一挑，一个东西，咚一声，划过空中，飞进旁边一个酒碗里。周三拿起酒碗，咕咚古咚半碗酒下肚，那东西也囫囵吞下，"咕"一声响。

那是蛇胆，蛇胆能解五毒。

蛇皮，可以卖钱。小城人买去，包了二胡，拉着咯咯吱吱响，很是那么回事。

蛇肉，当然做蛇羹。周三蛇羹，做法细致，一丝不苟：先把蛇肉上了笼屉，小火蒸熟，拿出，拉着蛇脊椎骨，轻轻一扯，一根骨刺扯出，没一星精肉。蛇肉白嫩如玉，用刀划丝，油炸，再蒸后取出，兑入高汤，放上香菇，还有葱花，小火慢煮。不用吃，远远一闻，人的哈喇子就出来了。

因为这，周三成了小城名人。

也因为这，有人说，周三手里剁下的蛇头，至少能堆成一座小山。

久在河边站，哪有不湿脚的？周三也一样，一次，他一如往常，在布袋中扯出条蛇，刀光一闪，蛇头飞起。可是，那蛇头在空中，竟然一扭，又飞回来，直直落下，落在周三胳膊上，一口咬住，再不松开。

周三脸如死灰，扯下蛇头，转身飞奔着跑去找吴中医。吴中医看了说："好悬啊，不是蛇胆解毒，死定了。"不过，反复劝告他，算了吧，别做这生意了，幸亏是桑树根，要是七步红，命就没了。

周三听了，也擦把汗，点着头。

回到店，几天后，他改行卖起豆浆来。至于蛇羹，提也不提。有人想吃，出再高的价，周三也摇着肥胖的脑袋，坚决不做。

大家无奈，摇头叹息，怏怏而去。

那年，皇帝东巡，来到山城，听到周三蛇羹，顿时唾液满嘴，让周三做来尝尝。周三摇头，自己已封刀多年，不做了。皇帝很不爽，后果很严重。

皇帝道，不砍蛇头，朕就砍你的头。说着，眼里白光跳跃。

周三脑门出汗，无奈答应，这次要七步红：蛇越毒，味越鲜！

蛇来了，周三接过，一手抓住，一手提刀欲砍。突然，七步红头一昂，咬在周三左胳膊上。

大家顿时傻住，都"啊"的一声。周三也啊了一声，左手迅即麻木起来。他一咬牙，一刀斩下，左胳膊落地，血如泉涌，大叫一声，晕倒在地。

皇帝一看，残疾了，做不成了，叹口气，悻悻离开。

以后，这道菜在山城绝迹。